coordenador editorial: Sálvio Nienkötter
editor executivo: Raul K. Souza
capa e projeto gráfico: Isadora M. Castro Custódio
produção: Cristiane Nienkötter

Dados Internacionais de Catalogação na Publicação (CIP)
Angelica Ilacqua CRB-8/7057

Atem, Reinoldo
Sem pagar passagem : poesia reunida / Reinoldo Atem. --
Curitiba : Kotter Editorial, 2020.
460 p.

ISBN: 978-65-80103-97-3

1. Poesia brasileira I. Título

20-1327

CDD B869.1

Kotter Editorial
Rua das Cerejeiras, 194
82700-510 | Curitiba/PR
+55 41 3585-5161

2020

Sem Pagar Passagem

POESIA REUNIDA

Reinoldo Atem

KOTTER
EDITORIAL

PREFÁCIO

Reinoldo Atem, entre os mais autênticos e importantes poetas do Paraná, revela sua poética avessa à brincadeira com as palavras. O seu olhar recorta uma cidade habitada por gente simples, pelos meninos pobres, e dramas humaníssimos. É este olhar que diferencia Reinoldo Atem de quase tudo que se produziu em termos poéticos no estado. Um olhar sem esnobismos lingüísticos e falsos exotismos.

Seus melhores poemas não pagam o tributo para o verso curto ou para a modernidade epidérmica. Muito pelo contrário, os seus bons poemas são longos, bem articulados e revelam o domínio da macroestrutura da linguagem – coisa inusitada em nossa poesia tatibitate.

Atento aos dramas humanos, sem máscaras e sem afetações, sua poesia segue "O ofício das Águas" (título de um belíssimo poema), percorrendo os subterrâneos da cidade, e se deixando impregnar pelos detritos do vivido.

Miguel Sanches Neto - 1997

SUMÁRIO

retorna o dia

1974

NO PORTO – FILMAGENS.

No pequeno porto, os barcos chegam aos sábados
e despejam gentes empretecidas do mormaço,
que vêm das ilhas próximas, perdidas,
cheirando a crustáceos, siris e vagalumes.

Vêm as mulheres também e as crianças de colo,
uma sombrinha, dinheiro para as compras.
São bem vestidos na visita semanal
ao povoado, quando saem de suas tocas.

Os homens encontram os conhecidos pelos bares,
jogam sinuca, conversam e se divertem,
em seu dia de folga, dia de arrelia,
quando descansam das lamas e seus mangues.

As compras feitas, levadas para os barcos,
amontoadas nas docas, lado a lado,
esperam que os homens se embriaguem
e que as mulheres retornem das farmácias.

Os armazéns e as casas de comércio
têm um movimento fora do comum.
Mercadorias vão expostas nas calçadas
e as novidades atraem muitos olhares.

No fim do dia a barulheira é tanta.
São os motores dos barcos que arrebentam
e voltam todos, atordoando as gaivotas
nas águas sujas, repletas dos seus óleos.

Retornam todos a uma nova jornada
de lida constante, farta e irreversível,
em que se amassam e ganham a sua forma
de rugas duras de casco e caramujo.

OS RIOS – ou suas margens.

Quando os rios se afastam das cidades
mas ainda cruzam o asfalto e as últimas casas
recebem em suas margens restos e bagaços
do lixo que não cabe em outra parte.

É aí que se abandonam os imprestáveis,
em lugar que mais ninguém disputa,
já que não serve senão como morada
de coisas ralas, usadas, e gente suja.

Por toda a extensão das margens e barrancos
vêem-se sombras pálidas, retidas,
que não têm pressa, trabalho ou serventia,
pois nada fazem e vivem ali jogadas.

Ninguém os conhece e por todos são evitados
já que não valem senão como bagaços:
como estes podres, murchos e rasgados,
e não há mais ninguém que os reconstrua.

Deixados fora, depois de mastigados,
quando não há mais nada que aproveite.
Eis o que sobra dos que não recebem cuidados,
dos que só servem pra se jogar na rua.

Aí vivem e formam comunidades próprias
inteiramente diversas das comuns.
Elas se formam da lama e dessas latas
que os rios carregam das cidades para os campos.

Ninguém revela o que fazem ou o que querem
da vida tola, fraca e macambúzia,
pois vivem pedindo algo aos passantes
não se negando a xingar a quem recusa.

AS CASAS – EM UM BAIRRO AFASTADO.

Nessas pequenas casas de arredores,
onde o aluguel é bastante acessível
e a sala também serve de quarto,
costumam morar pessoas e famílias.

Até lá se chega depois de muito tempo
e os ônibus estão sempre lotados,
nos horários de saída do trabalho,
quando dirigem-se aos bairros conhecidos.

Há sempre, nesses lugares maltratados,
uma variedade enorme de moradas.
Umas são brancas, verdes e caiadas,
todas deixam cair as caspas e as poeiras.

Nessas pequenas vilas de arrabaldes,
onde vivem pessoas de chinelo,
há logo uma conversa corriqueira
entre um e outro gole de café
quando, à noitinha, reúnem-se nas copas
os moradores comuns dessas baixadas.

Vão deitar-se logo, após ver as novelas,
nos quartos apertados, de tábua verde,
sem planos azuis ou grandes esperanças,
após um dia enorme de atropelo.

O CANTAR DOS GALOS

Quando os carros ainda não penetram as avenidas
mas os galos longínquos anunciam a sua vinda,
os homens saem aos milhares de suas casas
e vão enfrentar mais um dia de trabalho.

São eles os que fazem nascer o dia
com seu caminhar de pedras e de calos.
São os que manejam as máquinas à tardinha
com suas mãos de pregos e alicates.

Vêm dos bairros afastados, ainda madrugada,
atravessando praças, esquinas e elevados.
E percorrendo os trilhos, os ônibus e os carros,
pois não há outro modo de levar a vida.

Vêm todos dispersos aos locais de labuta,
onde se põem logo a postos, as mãos em seus lugares,
esperando o sinal de largada, o apito, o berro, o grito,
que fazem mover as fábricas, os pés e as cidades.

ENGANOS

Os donos mandam erguer paredes provisórias
enquanto os homens vêm brigar pela alegria.
Os donos pensam que os homens são caminhos
que se pode percorrer quando se queira.

As janelas quebraram sem esforço.
Os sapatos abriram-se na chuva.
Restos mortais do engano acobertado,
sobras comuns da vida enganadora.

As crianças saíram e as empregadas
correram amedrontadas, perseguidas
por alguns guardas, que só as cobiçavam
para uma noite de lábios e carícias.

O pente quebrou, a lâmpada caiu,
a camisa rasgou, a criança tossiu,
porque o prato do almoço já estava frio
quando foi levado para a mesa da casa.

A MADRUGADA

Os apartamentos cometem suicídios desconhecidos
e jogam pessoas sedentas pelas janelas.
As prostitutas mostram as pernas nas esquinas
e dizem valer mais que dois cruzeiros.

As calçadas engolem o escarro e sua raiva.
Os mendigos dormem nos cantos dessas praças.
Os últimos bêbados entoam a impotência.
O frio da noite os faz beber melhor.
Os homens se evitam e às sombras apressadas
e entram nos bares, medrosos da agonia,
temerosos das janelas assassinas
que dão migalha aos ratos e aos gatos pobres.

O caminhão do lixo recolhe seus tonéis
e as mocinhas escapam, fugitivas,
para que a noite não lhes levante as saias
ou para que os homens não lhes arregacem os dentes.

As luzes dos prédios, luzes suicidas.
As luzes perigosas, num tempo pelo avesso.
Um beijo cansado, beijo ressequido,
que faz cantar o galo e adormecer a ferida.

OS HOMENS

Os homens estão à solta, perguntando
em todas as portas pelo ar sem dono
e em seus bolsos internos, escondidos,
levam os mapas e trinta endereços.

Quando surgem no mundo os passarinhos,
os homens saem correndo, pensativos,
e vão buscar agasalhos, sem preguiça,
quando surgem na esquina as ameaças.

Eles param nos bares e não entendem
como podem correr tão livremente
por todas as ruas, todas as calçadas,
sem obter alívios ou cuidados.

São tantas as luzes e as janelas.
Onde andarão seus múltiplos recados?
Onde o balcão constante? Ele substitui
a cadeira caída sem amparo.

Os amigos não vêm aqui buscá-los.
Eles serão levados para outros lados
onde pensam encontrar os seus sapatos
e um leviano sussurro que não dura.

DESATINOS

Onde os olhos repletos do entardecer?
Por certo, esconderam-se pelos edifícios.
Os homens, feito doidos, acenando
às mulheres que jogam carros nas vidraças.

Os meninos lambem pirulitos e não se encantam
com o vento da tarde, perigoso para as almas
ansiosas e brincalhonas de todas as crianças.
Seus pais percorrem as vitrines, satisfeitos.

Os vultos da noite agora te assustaram?
São apenas as árvores que dizem sim para a madrugada.
Nada restará, depois que as folhas varrerem
os passarinhos anunciadores da aurora.

Onde se escondem os homens que te rodeavam?
Por certo sentaram-se às mesas, às dezenas,
e escutam falar os postes gritalhões.
Os vagabundos esticam os pescoços, curiosos.

Te resguardou a amiga inesquecível?
Tu voltarás para a última encruzilhada.
Lá te esperam as mesmas noites frias
e um cãozinho guardado como brinquedo.

NOS BALCÕES

Os homens contrariados e esquecidos
e as mulheres que dormem nos porões.
Eles farejam o ar e não distinguem
o fim da vida ou a hora da alegria.

Os homens todos, caídos pelos cantos,
já não podem erguer a mão para outro trago.
Eles persistem na vida e seus enganos
enquanto as esposas calam-se nos lares.

Os homens tolos aguardam nos balcões
que a noite adormeça em suas vidas.
Uma noite apenas, noite de intervalo,
que prepara outro dia de malícias.

Essa noite há de repetir-se pelos ares
ou nos quartos calados de ironias.
Noites de insônia, noites de anemia,
que nada trazem e nada prenunciam.

ADIA O DIA DE AMANHÃ

Assim como o ar subiu pelas narinas,
assim como o mar fugiu de nossas mãos,
desse modo cresceram os teus abraços
que nunca imaginaram um outro mundo.

Escuta o eco dos sonhos que não vingam.
Adia a esperança calada para sempre.
Eu não quero viver a tua vida,
tua vida de hábitos profundos.

Esperaste com rancor o novo dia?
Não, eu sei, nunca esperaste o sino
que veio chamando os seus cavalos
guerreiros, com manchas tão bonitas.

Desiste da cama no dia do sossego.
Levanta, negro que não quer ajuda.
Ali estão teus sapatos e teu lenço
com que acenas às moças fugidias.

Amanhã, sem querer, que vasto lume.
Debaixo do sol dormiram as crianças
que não voltam pra casa e não se fiam
na manhã que chega e não termina.

Adia a manhã, nada te denuncia.
Queres ficar para sempre neste estrume,
com teu cachorro como teu guia
e teu andar de cego pelas ruas?

Deixa de lado a vida, esquece tudo.
Nada te impede achar três companhias
que te oferecem apenas um pedaço de pão
e um copo de cachaça, no meio do mundo.

NO ÔNIBUS

No ônibus, as pessoas não se conversam
    assiduamente
seria escandaloso falar a estranhos
    pela rua.
Elas olham a paisagem sonolenta,
preparando-se para passar a vida
    ali sentadas.

As pessoas evitam esbarrar o corpo
      dos passageiros
que ocupam o banco próximo
      ao seu.
Pois elas têm medo de uma represália
já que não se esbarra em quem não
      se conhece.

Ao sair do ônibus, nada de delicadezas:
É sempre indicado descer à frente dos outros
pois, do contrário, chega-se atrasado
e quem vai na frente sempre leva vantagem.

DOZE

Ao meio dia
os estômagos mastigam
nossa pequena alegria:
carnes revestidas,
nossa salada de olhos
pão sem sentido
no meio da mesa
ninguém o retira.

Ao meio dia
as araras gritam
no parque vazio
anunciando ao mundo
sua sina de aves
presas
não sabem
seu destino.

Ao meio dia
por quê
ao meio dia?

E vai tão longe a
paz
das coisas vivas.

Cemitérios tortos
não calam os passarinhos.

Ali tombou um dia uma menina
que nunca mais voltou.
Alguém se lembra ainda?

Cemitérios de pedra
        ao meio dia
quando
        às mesas dos bares
        os homens refazem
        as suas vidas.

O ALMOÇO – POEMA NUM BAR, ENTRE TRABALHADORES.

A hora do almoço é hora de movimento
quando os homens encostam-se ao balcão.
Todos trabalham ali perto e vão chegando
assim que o tempo os libera do serviço.

Os que primeiro chegam ocupam as mesas vagas
sem nenhuma desordem ou correria
apenas suas brincadeiras ao levantar,
deixando o lugar a quem vier na fila.

O prato feito é o mesmo todo dia
em todas as mesas, acompanhado de um pão,
pra reforçar o arroz e a farinha,
um pouco de carne, salada, sempre assim.

Costuma-se também pedir um refrigerante
ou uma cerveja, que ajuda a digestão.
Enquanto a conversa retoma o trivial
o garfo sobe e desce à boca atenta.

Os desconhecidos sentam à mesa juntos,
onde houver um lugar que se aproveite,
Pois não há cerimônia e o espaço é pouco.
Ouvem-se as conversas que pulam nas paredes.

O chefe, na firma, é rude e impaciente,
não se podendo errar nenhuma vez.
Há que trabalhar, conforme as exigências,
mesmo que a tarefa não seja especial.

Alguns acomodam-se na empresa e se conformam,
já que todas elas são iguais.
Outros acham o salário insuficiente,
mas reclamam dos que fazem corpo mole.

Comentam, também, o gosto da cerveja,
entre uma garfada e uma mordida no pão.
Não se pode beber de muitos goles
Se, no serviço, segurança é atenção.

Uns pagam por mês e sempre voltam.
Outros aparecem poucas vezes.
Jamais se exige uniforme ao garçon,
nem ele deve ser tão serviçal.

Apenas uma natural delicadeza deve ter
e que sirva uma comida saborosa,
sem um requinte, nem cabelos pelo meio,
e que sustente para o resto da jornada.

AS BICICLETAS – LEMBRANÇAS DE INFÂNCIA.

Nos campos, nos arredores das cidades,
onde os meninos jogavam bola toda a tarde,
as cabras pastam nos quintais das casas,
metendo o focinho pelos vãos das cercas.

É lá que o mato cresce, sem cuidados,
cobrindo-se das sombras dos pinheiros,
formando capoeiras, arbustos e buracos,
onde os moleques caem, se não andam atentos.

O sol passeia na tarde diariamente
e nas roupas assopradas nos varais,
onde as mulheres as deixam, até que chova,
até que possam levá-las à patroa.

Os meninos brigam por uma falta cometida.
As mulheres cantarolam, no tanque de lavar.
Elas conversam banalidades, enquanto isso:
o preço do óleo, a saia da vizinha.

Algumas bicicletas aparecem nos caminhos,
marcas de pés e os muitos pedregulhos.
São os homens dali que voltam entardecidos,
pedalando vagarosamente o seu cansaço.

Aparecem nas curvas do mato, um a um,
quando as crianças retornam das escolas
e nas folhagens só restam vagalumes,
depois de um dia repleto de trabalho.

O DESCANSO

A mulher perdeu o hábito de beijar o marido,
tampouco acaricia os cabelos assanhados,
mas dirige-se ao quarto, onde a criança dorme,
e vai findar mais um dia de trabalho.

Ela veste o camisolão, sem nenhum tédio,
e age comumente, como todas as pessoas,
com algum desânimo, talvez, algum cansaço,
sem arroubos de espírito, sem exageros.

Ela volta à cozinha, porque todas as noites,
à determinada hora, por recomendação médica,
deve tomar sem falta o seu remédio,
que está guardado em cima da prateleira.

Não se dá ao trabalho de acender a luz e
conhece de olhos fechados os caminhos do quarto.
Para quê dizer boa noite ao marido desatento,
se entre eles não há mais necessidade de agrados?

Amanhã novamente a vida recomeça
mas sempre se permite um descanso aproveitável.
Uma pouca trégua, na guerra declarada,
entre um dia que vem e outro que acaba.

ACIDENTE DE TRABALHO

Os operários soterrados, puxados por escavadeiras,
duzentos olhos esquecem, logo em seguida,
que os homens estão mortos e escondidos.
No meio caminho, as vítimas mutiladas.

As mulheres correm a esperar as notícias
e nada mais podem fazer senão espantar-se:
do fundo da tumba se erguem os moribundos
e os amigos vão apressados para o trabalho.

A vida toda repetida pelos gestos
de seus martelos, no ar, sem serventia.
Os construtores da pedra, os desvalidos,
que não erguem a mão contra as vidraças.

A vida toda calada e de lacunas.
As andorinhas dispersas, fugitivas,
lençóis rasgados, suor e anemia,
e um pedaço de pão, feito em pedaços.

VIAGENS

Os passageiros vão-se embora pela tardinha,
na vida levada de bar em bar.
Os maquinistas transportam as caldeiras
e passam as noites meditando nas miragens.

Eles atravessam os vales e as montanhas,
onde só a coragem e o medo afugentam
a ansiedade de voltar pra casa.

A fumaça das máquinas descobre-se ao longe,
quando os trens apitam nas solidões noturnas,
relembrando às mocinhas e às mulheres solteiras
os homens sujos que viajam pelo mundo
e podem entrar de repente, nos vãos das janelas,
empunhando um sabre ou uma gargalhada,
e convidando-as todas para a festa das vacas,
quando retornam aos quartos, mascarados.

SAQUES

Os trabalhadores passeiam arduamente
mas não se escondem com a aproximação das grandes asas.
Eles estão preparados para o imprevisto
e mal se recuperam dos golpes indiferentes.

Os homens erguem caretas de agonia
pois estão para perder os filhos muito amados.
As mulheres agarram-se aos fogões
e soltam gritos quando ouvem bater às portas.

As picaretas não foram atiradas sobre a grama
e pouco servem contra as asas enferrujadas,
que avançam todas, impassíveis e enganadoras,
quebrando as telhas de quem não tem mais nada.

APÓS O TRABALHO

O homem chega aborrecido do trabalho
depois de um dia sem poder parar.
Ele espera encontrar as crianças satisfeitas
o sorriso da mulher, um prato de comida.

Mas as crianças já dormem faz algum tempo
e a mulher o espera quando chega a noitinha,
oferecendo-lhe as sobras do almoço requentadas
e o avisa de limpar os pés, antes de entrar.

Quisera contar a ela um caso estimulante,
algum pouco motivo de conversa corriqueira,
mas as lembranças do dia são pouco atraentes
e nada pode dizer de que se orgulhe.

Resta deitar-se com ela alheadamente
depois das tarefas usuais, preparativas.
Lavar os pratos, voltar com um suspiro
e esperar que a noite continue.

A NOITE

As sanfonas e seus acordes na madrugada
descansam do resto da semana
e nós as procuramos nas ruas abandonadas
nas frestas das casas, nos cantos dos quintais.

Mil homens dormem numa noite de sábado
e a sanfona toca entusiasmada,
fazendo dançar os trabalhadores enlouquecidos
que se desgarraram da vida e suas dobras.

Eles desvendam a noite numa algazarra
que se fabrica de copos e saudades.
As pernas das mulheres, o abraço dos homens,
eis o que passa na noite repentina
enquanto os bêbados ajeitam-se nas calçadas.

A festa dos tambores. A festa dos desatinos,
dos homens que atravessam a vida do mesmo modo.
A festa dos moços e das mulheres
que fazem mover o campo e as cidades.

Eles arrastam os pés na noite da folia
e não existe outra igual àquela,
que amortece a inquietude e a agonia
e faz nascer o riso e seu descaso.

Noite de festa. Noite de alegria,
quando reúnem-se aos beijos e assobios
e oferecem-se o riso e o abraço.

Noite de festa. Noite de alegria,
enquanto os vultos crescem nas calçadas
onde dormiam em meio a tanto arbusto ralo.

Ah, essa noite não é capaz de reviver-me.
Essa noite só é capaz de amordaçar-me.
Uma noite de festa. Noite de alegria?
Que faz nascer as brigas junto aos fracos.

AOS QUE TRABALHAM NA MADRUGADA

A noite remexe o lençol da mulher
pois o sono o levou, já tantas vezes.
O ouvido atento procura apagar
a risada escura dos pernilongos.

Os pés esfregam o lençol cansado
na lembrança do que deve acontecer.
O mesmo de sempre, o mesmo de outro dia,
quando sozinhos cantavam os passarinhos.

Noites de insônia, noites de avenidas.
A madrugada no quarto de seus filhos.
Eis o barulho dos carros, que esvoaça
para lembrar que a noite ainda é dia.

Parece ouvir-se o cri-cri dos grilos,
na noite, sem asas descansadas.
Aonde os pássaros e todas as gentes
que não têm pressa de acordar o dia?

Onde os que trabalham na escuridão,
desencontrados da vida mais comum?
Viverão eles repletos de alegria?
Ou a madrugada lhes traz muito lamento?

Suas esposas nos lares costumeiros
esperam com a sopa da manhã?
E os amigos, nos bares da tardinha
fazem parar a noite que inicia?

AMBIENTES

Dez tábuas soltas de pregos
Canto apertado de sala
Rachados pratos de louça.

Tanque de espuma e tijolos
Capins de barro amassado
Lama de água e sujeira.

Suor de poeira nos braços
Dentes caídos no copo
Fracas lâmpadas no corpo.

Barriga escura e escaldada
Unhas sujas e amassadas
Rugas de ferro no rosto.

Crianças soltas no mundo
Uma vida de pedreira
Boca vazia de gosto.

Seis panelas na parede
Restos de pano e madeira
Tortas vértebras de esforço.

BARES-LARES

Os homens contrariados e esquecidos
e suas mulheres que dormem nos porões.
Eles farejam o ar e não distinguem
o fim da vida ou a hora da alegria.

Os homens todos, caídos pelos cantos
já não podem erguer a mão para outro trago.
Eles persistem na vida e seus enganos
e as esposas descansam nos sofás.

os homens todos aguardam nos balcões
que a noite adormeça em suas vidas.
Uma noite apenas, noite de intervalo,
que prepara outro dia de malícias.

Essa noite há de repetir-se pelos bares
ou nos quartos calados de ironia.
Noites de insônia, noites de anemia,
que nada fazem e nada prenunciam.

DESCONCERTO

Se as chuvas caem
inundam estômagos.
Salas miúdas
rudes mamadeiras.

Epidemias
invadem os ares.
Chaleiras tortas,
braços de caldeira.

Comuns sujeiras
estampam bochechas.
Olhos de esgoto,
lábios sem trejeitos.

Dez mil calçadas
nas plantas dos pés.
Casas dispersas,
lares contrafeitos.

Homens lotados,
dedos de avaria.
Meias rasgadas,
calo e desconserto.

CENA URBANA

O bem-te-vi pousou na antena da televisão,
cantando alto para o céu nublado,
a algumas quadras do centro da cidade:
bem-te-vi, bem-te-vi, já tantas vezes.

Parece cantar para os pedestres na calçada,
alçando o bico no ar, a todo instante.
Canta para os prédios altos à sua volta,
audacioso, o ingênuo insignificante.

Os carros batem portas e buzinas.
Os operários iniciam a construção da manhã.

Uma fêmea chega ao lado da avezinha
e vai pousar no poste mais adiante,
logo seguida do macho assobiador
que a persegue pelos tetos e telhados.

ABANDONADO

Essa criança tão feia
que tens agora no encalço
é filha aqui desta rua
que a reteve, abandonada.

Essa criança amarela
que se repete aos milhares
é filha dessa vida ingrata
que a recebeu, sem dar nada.

Esse menino enfezado
tem da mãe todos os traços:
a testa de veias tortas,
o coração rabiscado.

Quando o foram pegar,
deu três mordidas no braço,
cuspiu na cara da gente
e fugiu amedrontado.

Correu nas ruas descalço,
sem saber onde parar,
o peito respira fraco,
os olhos semi-cerrados.

Esse menino raquítico
da mãe não soube mais nada:
- Já que não posso cuidá-lo,
ele vai correr pelo mundo.

- Já que não posso dormi-lo
e encher-lhe de cuidados,
que vire pedra ou cachorro,
que o encham de pancadas.

-Já que não posso dormí-lo,
beijar-lhe a cabeça clara,
ensinem-lhe a agonia
e o penetrem de escarro.

OS MENINOS PERDIDOS

O menino ferido ergueu suas mãos no horizonte.
Nós nos encontramos a léguas de distância.
Onde as crianças que iam com ele?
Certo perderam-se nas margens do riacho.
O menino perdido seguia pelo caminho,
Sem que o acompanhasse o sopro da madrugada.
Os meninos tolos seguiam pelo vale
E iam buscar as fontes mais adiante.
O frio da noite os faz aconchegar-se
Uns aos outros, irmãozinhos sequiosos.
A mão da noite os leva para outros lados.
Os meninos todos seguiam pelo vale.
Os meninos perdidos ouviram a voz da escuridão,
Alguém lhes deu conselhos de incertezas.
Por sua causa, os homens percorrem as avenidas,
Buscando os filhos nas alcovas dos mendigos,
E as mães chorosas enrolam-se nos lençóis,
Pensando encontrá-los, ao nascer da alvorada.

DESAPARECIDOS

O corpo do assassinado
coberto por mãos de faca.

O corpo do moribundo
feito de cortes e tapas.

Rolava da ribanceira
onde, à noitinha estávamos.

O corpo do meu amigo
jogado fora e cortado.

O corpo desconhecido
onde o procura a família.

Traz no pescoço a sujeira
do homem marcado sem calma.

O corpo desrespeitado
que não se salva, nem foge.

O corpo do estarrecido
que já se encontra sem casa.

Os corpos dos impotentes
ficados sem sepultura.

O braço do que está morto
faz lembrar o homem vivo.

O homem que sente medo
mas que se arrisca e se lasca.

A MURALHA DA CHINA – I

Eu sei que os chineses vão dizer
Que os teus olhos mais belos que o luar.
Mas meu assunto é outro, minha amiga:
Encontraremos paredes ao voar.

Ao te ver passar, a face da virtude
Com nostálgica dama quis estar.
Eu olho quem me olha e sempre vejo
A paisagem do outro lado lunar.

Por quê miras a mesa e seus papéis,
se não há distância, nem perguntas?
Vê, quanta latitude em minhas mãos,
E à minha frente o muro e o minuto?

LARES

Se as chuvas caem
Inundam valetas
Salas miúdas
Rudes mamadeiras.

Epidemias
Invadem gargantas
Chaleiras tortas
Braços de caldeira.

Comuns sujeiras
Estampam bochechas
Olhos de esgoto
Lábios sem respeito.

Três mil calçadas
Nas plantas dos pés
Camas dispersas
Lares contrafeitos.

Homens lotados
Dedos de avaria
Meias rasgadas
Calo e desconcerto.

urbe urge

1982

Dorme no céu
no ar
como num sapato antigo
sobre lajes asfalto
paralelepípedos.

Dorme o pequeno cão
recém nascido menino
solamente porque
a cada dia envelhece
como num raio de
luz velocíssimo
enrolado em
papéis de embrulho
saco de lixo
jogado no mundo
traste invencível

Insuportável caminhar de melodias
no rumo do que nunca existe
senão com a morte
de todas as coisas vistas
mar diurno
intransponível.

Nós temos que vencer o mar
isso é preciso.

A outra margem aparece
    apenas quando é findo
    o dia a vida
e as pernas dos moleques
    contra os muros
contra tudo isso que tem
   cansaço de latrinas
   tampas quebradas
      vidro partido
      no teu no meu
coração sem paz e
   sem o ar da manhã
   que nunca vimos.

Nós temos que viver no mar
    marinheiros vadios
    nesse lar de espinhos
    noite quebradiça
sem ar de calmarias
em cada porto da vida
    em cada dia
nessas janelas fechadas
    prédios altíssimos.

    Iremos todos
reencontrando o rumo
asas que se avizinham
intempestivas asas
que não admitimos
intempestiva chuva

que nos avisa do tédio
    e sua angústia
em meio a vinte e três andares
    com ladrilhos
    verdes iguais
    brancos retintos.

Inútil repicar de calmarias
    tardes usuais
    nosso desabrigo
fantasiado de amparo
    túnica e preguiça
    eternizada na pedra
    em nossos muros
iguais a nenhum outro
        pelo infinito.

Vagens de papel
    com mil carimbos
vagens agressivas
    pelas vitrines
vagens de aço
    estrebarias
verdes asfaltos
    em outro mundo.

Não interessa o que passa
    em tua vida.

Neon vingativo
erguido em vitrais
muito bem medidos
comidos
comedidos
pelo outro lado
que nunca nos escuta.

Frases inesquecíveis
no céu do céu
deslumbrante lixo
que nos carrega no véu
de sua sensaboria.

Leva daqui o queixume
cavalo divertido
retransportado no ar
dessas vitrines
fabricado nos bastidores
dessas cortinas
retransformado em pau
ceras
mordidas.

Luzes tão vitais
esquina esquina
onde se cruza a malha
a tela a teia
de tantos mil destinos
com buzina.

Assim carrego o meu vinho
de misantropias
meu inconsolável leito
onde namoro escondido
onde me fito
sem desdém ou medo
onde me vingo do teu
do seu do vosso
ser desconhecido
onde me cruzo
com o que nunca foi
igual a mim
onde me pergunto
qual o meu fim.

Varamos tão iguais
e tão distintos
nunca nos vimos
no espelho da livraria.

Verdes missais
pescoços rijos
no lusco fusco
da tarde cinza
acontecida.

Não há igual
nem repetida
cena de carros
boi sem campina

fila comprida
chicoteando a fumaça
na avenida.

É meu o coração de pedra
na avenida.

Quando não se pode
vagar no mar
ou ser menino
terno enrugado
velhas brancuras.

Onde se derruba
o coração de bode
do ser invertido
onde nada mude
onde se carreguem cigarros
queimando no vestido.

Assim achei em teu sopro
um outro pio
nessa terra de andares
de desvios.

Assim supus recompor
meu desalinho
inesperado rival
com sempre-vivas.

Inesperado final
em tantas historinhas.
 Onde se dorme
  em pedras
muito em cima.

Onde se dorme
  sem céu
  sem ca
valo marinho
  desperdido
  desperdício
   confuso
  confundido
  ido e vindo
ampolas voláteis
  indo e vindo.

Cala no céu a lua
 entre os edifícios
sozinha no ar
 na garoa estúpida
namorada pelos ônibus
 na manhazinha
bêbados naturais
 em precipícios
 risos de latas
caminhões de lixo
 inúteis asfaltos

inútil viço
enquanto eu tomo uma cerveja
pensando nisso.

Noites astrais desconhecem
o que eu digo
rio e mastigo
entre sussurros dispersos
irreconhecíveis.

***

Não importa o que passa
em tua vida
cemitérios de pedra
em desalinho
cemitérios de lata
com caninos
um sempre meio-fio de várzea
absurda colina
restos de cigarro e vinho
peneus em avaria
em pleno centro do mundo
sua superfície
casca sem igual
usual exercício
equivocado no céu
na terra
em nossa vida.

Equivocado enquanto
as coisas brincam
e vingam e vão
e vêm como outra coisa
que não são
como formas de estar
em que se crê
e que se aceita
como se vê.

Equivocado porque
é tudo mudo
e cabe a mim e a ti
descobrir porquê.

Cabendo a mim a ti
seguir por entre
coisas que são
outras coisas diversas
indicativas do chão
em que se vive
se ama e se trabalha
como espantalhos
de nós
atropelando meninos
numas esquinas
e tropeçando em fios
de linho invisível
ao cruzar da rua
numa tarde qualquer
em frente ao armazém
do polonês arredio.

Porque seguimos por rotina
acostumados ao andar
do cão absoluto
do gato distraído
que não se importa com a tarde
porque vem outro dia
que não se importa com
o outro gato vizinho

encostado num canto
embaixo do sol
surdo mudo.

O estranho gato
que não mia
não fala e
nada sabe de mim
a olhá-lo ansioso
por um sorriso
um aceno de mão
um empréstimo talvez
de cem cruzeiros
até o domingo.

Vem andar comigo
gato com malícia
felino cubista
que sobe aos telhados
coisa que eu não consigo
uivando para a lua
como num filme.

Companheiros diários
gatos e cães
entre escadas
arranhacéus impossíveis
como se acostumaram a isso?
e porque não explicam
o que esperam da vida
entre murais

paredes
apenas comida
com carinho
ou pontapés aéreos
todo dia?

Um sempre repicar de sinos
querendo mostrar
nosso caminho
que não previamos
apontando nosso céu sem plumas
que não perseguimos
indicando lamúrias
que não eram
as que queríamos
um sempre repicar de ventos
janelas imprecisas.

Lá vai o boi pensando
que aproveita a vida
nessa selva sem paz
sem quietude
asfalto escorregadio
levando seu afago
para outro rumo
desigual do que
sempre se viu.

***

Não sei como deva proceder
frente ao mistério seguinte:
verde amarelas
paisagens bélicas
noturnos noturnos
ávidas quimeras
dispersando o tédio
sobre o mesmo mundo.

Imagens plácidas
do meu país
quando me houverem caçado
cuida que lembrai de mi
entre mostardas e sede
cocho triste e febril
antes da terceira lua
perto do farol da esquina
em vão quebrado
caminhando a passos
largos para um outro mundo.

Máquinas sutis
pé ante pé
de mim de ti de um mil
caminhando atrás
rápido verniz
pesado selo
verde céu de anil.

Por isso vamos
vagabundos cansados
espargindo modelos
para quem estiver a fim.

Por isso vamos
perto da terceira rua
longe do farol ferino
que me atiça de medos
como se eu fosse menino.

Por isso vamos
como quem compra de tudo
máquinas que possuem
a tua cabeça fina
entre botões laminados
tlin-tlins luzinhas mentiras
dinossauros elétricos
engolem o dinheiro do mundo
indústrias tolas
ásperos narizes
intercalados de apitos
como se assim
fossem mitos.

Voa revoa
ave de alvenaria
ave ave ave
és tu
que nos encobre na vida

que muito há muito
muito já
há muito já comigo vinha
sem conhecer calmaria
ave desconhecida
que hesita e volta e
não procura se unir
e descobrir o caminho
para o menino descalço
que se encolhe
quando é frio.

Entre botões vou seguindo
passo passo esguiamente
me transformando em cabritos
inventado estilo
que não se ajeita
ao jeito do meu caminho
entre guinadas
pastilhas
falhas
desritmias.

Entre migalhas asfálticas
mais falsas que
o mais falso vinho
mais que o
tonel de líquidos elásticos
restos gastos
morrem vivos

e se quebram como vidros
entre meus dedos vadios.

Rude doce duro já
começa o novo caminho
multidões desperdiçadas
que se erguem com balidos
multidões de aço
multidões de felinos
rolando pelas escadas
sem procura
malamadas.

Veja como está de novo a tarde
cheia o som de um vago sino
tarde eterna passarinhos
terna lua
turvo dia.

Como se eu fosse menino
entre muralhas iguais
mortalhas soltas
destinos.

Mortalhas rotas
vizinhos
que me olham
sem me ver
que me atacam
finos fios

entre mil
brilhos vidraças
canos de escape
vazios.

Entre mil velhos abraços
que me tentam enganam
rios
dentes postiços
levam juntos
pantanais corrosivos
que se perdem atrás das lojas
e que retornam
agressivos.

Lá está de novo o vulto
perfil parado
urbe querida
que é só bonita de longe
ao léo ao largo
além ao longe
solidão absurda
entre milhares de cintos
que não servem
não derrubam
a vida que desgasta o tempo
rápido vislumbre
dança cança fria muda.

A vida que
transforma o tempo
vão disparo
amor distraído.

Cores de luz
desobediente
digam o que querem de mim
vagidos noturnos
cruas ruas
plásticos infiéis
que me perseguem na cama
luas nuas
que me seguem no trabalho
em Urbe Urge.

Porque ali estão
os colarinhos da sede
e ali também estão
os colarinhos do abraço
e ali também se vão
braços pernas tudo mudo
entre latas que se comem
carnavais absurdos
canibalismos que nascem
em vista do tamanho de tudo.

Assim se comporta
Urbe Urge

transnacional habitante
    cinza desigual
    cena atuante
    índole vital
    que morre ou surge?

o sopro de tudo

1991

Eu
não desejo mais:
na praia
areias revestidas
no mar
pedaços
em vez de vidas.

Assim
surgem de meus cabelos
estrelas
com meninos
deitados por cima.

Em outro lugar:
madeiras
malferidas
vistas ventanias
e um pedaço de mão
rasgando um cílio.

E
em meu peito apenas
insistências
folhas que já existiam
passos que não se
aproximam.

Como
varrer assim do ar
a poeira que escondeu a cor do ferro
e da camisa o ruído que não cabe dentro
de meu ouvido a mão que vem e se deita
em cima do muro e solta suspiros,
a mão com seus gemidos?

E
em meu peito
uma abelha que procura seu viço
e um mar
e um filho
e uma mulher nua que se
aproxima
com seus peitos grossos
mascando palitos.

No mar
retalhos sem
gaivotas esguias
e um cheiro de ânsia
e um cheiro de estrume
fugindo
no meio disso tudo.

Porque
em minha mão um lenço
que alguém perdeu

e
em meu esqueleto
enorme
uma menina
que nunca mais voltou
onde
suas delícias?

Como
arrancar do muro
a mão que se anuncia
se deita e mexe
e
me alicia?

E
eu não desejo mais
desertos e seus trilhos
cavalos dispersos
nesses recantos célebres
estendidos.

Para sempre virão
do mesmo modo
os cavaleiros úrias
gordos e
vazios.

De onde
em cada dia
sualma escondida

de que resultam
nas esquinas
suas lanças vivas
seus ternos com bigodes
cabeças
enfeitadas com maestria?

Não se pode tocar
as suas túnicas
sua pele de rugas
bem nutridas.

Não se pode voar
neste sertão magoado
nesta caverna impedida
neste demônio inverno
nesta aventura vida.

Não se pode entender
as tantas catedrais
complexas e
firmes.

No meio dos atalhos
há um abismo
ou dois
ou mais
estreitos que não acolhem
os dedos que procuram.

Haverá também um cego
urinando na vida
e um pedaço de pau
torto
indicando vestígios.

Ele
aponta no céu
mas
no céu
um passarinho voa
disperso
longe de seu ninho.

Mas eu
aponto
para todos os caminhos
e me encarrego de:
rememorar caravelas
desenhar uma cena viva
e
arrancar do tronco
a tinta que o cobria.

Vejam
na mão do homem
que fabrica palitos
é longa sua tecnologia.

O que o incomoda?
Que tipo de carestia?

Seguem mais longe
            sua mulher
com seus três filhos
            e
num aceno de mão
carregam as minhas
últimas tentativas.

Essa montanha invisível
entope os túneis do mundo.

Esse monturo insano
pedras que caminham.

Essa presença diária
versos na barriga.

            Perseguição
minuto diário
            nos escritórios
no círculo
            fuso horário.

            Carros sonolentos
            buzinam
para as escadarias.

E
ele queria viver divertido
risadas
cobertas com bocas
que se inclinam
bigodes
meros vagidos.

Contando os dias e
as semanas
seguem comigo.

Contando
o seu cifrão de horas
seguem comigo.

Contando
quantos pincéis restaram
depois do uso
do usofruto
do desuso
depois que os prédios fecharam
as bicicletas
buscavam as padarias.

Quando
minha mão se calou
e ficou muda
em cima do muro.

Para bem longe
se foram
as faces preferidas

e
eu fique assim
no meio
no fundo
no poço
desse mundo.

Crianças
nascendo em caixas
de papelão cozido
invadem
com sua gritaria
os copos de vinho.

Não é mais possível
refazer os prédios
em desalinho:
os operários sentaram-se
mascando bolachas
no teto da prefeitura.

Surgem de seu passado
as mesmas olarias
seu matraquear nostálgico
seu
colar de grades
grudadas na retina.

Ainda assim
persistem
a teimosia da pedra
que não aceita ranhuras
a
tenacidade do ferro
que odeia o capim
o
insensível anão
que só pensa em si.

É assim que
as pedras continuam sempre
e sempre e muito
na rotina do mar
que nunca brinca
no mesmo sono do mar
que nunca muda.

Acontece que
meu coração ficou frio
e
meu estado de alma
anseia ventanias
e
meu guardado verão
anseia tomar o mundo

e
o sopro de meu pulmão
quer ser
o sopro de tudo.

Carros embalados
buzinam sem motivo
    injúrias
arroz feijão e farinha
    conversas
que não são ditas
    barrigas caladas
repelem o alho
e o cheiro de
    maresias.

É só por esse motivo
que as aves voam
sobre os mesmos fios
    sobre
as mesmas casas
    sobre
os mesmos muros
    e
repetem sempre
    os mesmos
    rumos.

    Onde
sua raiva de
    pássaros feridos?

Seu vergastar de asas
    que se irritam?

Onde
seu vozerio agudo
de inconformistas?

Para
sempre
e sempre
e sempre
e nunca:
nesse diário selvagem
o pó
se transforma em
chuva.

o aprendizado da vida

1997

O APRENDIZADO DA VIDA

Laje de esperança
  a vida
me leva como criança.

E como pequeno filho
  me traz
escuro e brilho.

Sempre me acontecendo
  com véus
que não compreendo.

Sou um menino tolo
  que espera
um total consolo.

Para mim tudo é perfeito
  na vida
com seus defeitos.

Pensando ter acertado
  corro e
me vejo errado.

Ladeado de certezas
  em mim
não sei qual seja.

Por isso tomo cuidado
    não vejo
  o lado do lado.

Assim já me distancio
  do menino
  e de seu rio

que é água de aprendiz
  sem fundura
  e sem raiz.

A correnteza me deixa
  de lado
sem muita queixa

e, se me encobre, não sigo
  com ela
  fico comigo.

Assim se faz todo dia
  a vida:
ora cheia, ora vazia.

VENTO

Vento
como te amo
assim
inimigo de rotinas
me explico
varres a poeira
nada fica
mudança repentina.

Agitador do mundo
indiferente ao marasmo
fonte de movimento
vento
lava do meu coração
a teia
do passado e
do presente.

És para mim futuro.

A minha vida fala
somente
quando te vejo
vento
ventania
ventatudo
dentro das árvores
dentro
desse mundo.

O TEMPO

O tempo
    passa
dentro de mim
como se não passasse.

É o tempo do não
é o tempo do sim
caminhando por dentro
meus moinhos de vento
como se não voasse.

Há o tempo do branco
e o tempo do tinto
retalhando no oco
o desespero do novo.

Antes como quem se afasta
    e se aproxima
    o tempo vive
em outro bosque
onde não atingimos.

    Amigo
ser estranho a tudo
em que o movimento
    é a única via
    o tempo

vontade de ir e vir
    no que existe.

Convenção eterna
que não admitimos
porque tocá-lo implica
    em ser tudo
    conhecer tudo
    possuir tudo
e esse não é nosso
    destino.

    O tempo
    esse deus
    subjetivo.

DIA DE AMANHÃ

Assim como passa
passa a plumagem das aves
e o vento sempre
sobre a torneira pingando
a pingar no ritmo
do tempo que passa
    passa
    sem parar.

Assim também passa a
época das peras que
caem todas, cai
a folhagem das árvores
o seu fruto sobre
o chão quebrado sob
o peso do que passa
    e passou.
    Passou ali
o pé descalço de um
menino antigo, a pata
de um gato e outro e
outro e a chuva e
quem sabe um olhar
da vizinha resignada que
lava suas roupas
    enquanto
o tempo passa.

Assim como passa e
passou por meu caminho
o que eu quis e o
que eu não quis.

Passou também um dia
    e outro que
ainda hoje findará
enquanto tudo vai
morrendo devagar
cedendo seu lugar
na espera de outro
passageiro do tempo que
trará uma surpresa fria
e já sabida, uma
surpresa da vida, uma
queda, um estilhaço ou
o abraço de um filho.

O futuro inteiro que
eu sempre quis
    ou
quem sabe apenas
depois de amanhã
    um
outro dia.

GALOS

Os galos
trepados no telhado
vivem esperando
a hora da morte
a hora da comida
e nós vivemos
vivemos esperando
um brinquedo
um táxi
um outro dia.

Um outro dia
a vida toda
é esperado
e o galo espera
espera o quê
esse animal?

Espera apenas
o momento do cio
ou também espera
um dia
ou nada?

O que esperam as
pessoas sentadas
no meio do domingo?

Esperamos a tristeza
quando ela vem
da maneira combinada
às seis horas da tarde?

O que se espera do vento
senão que
nos bata às costas
nos levante a camisa
e os cabelos e
nos carregue a esperança
para o alto das árvores?

No trabalho esperamos
apenas o salário?

Na rua perseguimos
o comércio, a vitrine ou
aonde, aonde
chegar nessa rotina?

Aonde vamos
depois das 18 em ponto
abraçar o filho
esperar a sorte
aguardar o quê
se não se sabe
na tarde espantada
com tanto movimento?

Podia tudo findar-se
nessa sempre espera?

Podia o telhado cair
e as mãos se separarem
e ainda assim estaríamos
    esperando parados
    na calçada.

Esperando o sinal verde
    a hora da passagem
o momento de ir
    para a aproxima espera.

OUTROS

Há
neste momento
em algum lugar
no mundo
uma criança
um cego
e um
palito.

Sob
não sei quantos
graus de frio
ou febre
haverá uma ilha
um beco ou
uma casa escura
e na mesa
uma sopa
um velho e uma
tesoura rígida
que não se vê
eu não vejo
tu não vês.

Mas que ali estão
rodeados de tudo
assim como vivemos

no céu
acompanhando os astros e
alguns amigos.

Existem ali
na rua Fulano de Tal
em tal país
neste planeta
uma criança
uma colher
e um apito
que não sabem de mim
mas que
me habitam.

OITO

Às oito horas
    a noite toma
    conta de tudo
e a vida não
passa de uma espera
e o mundo está
coberto de neve
    poeira e
    injustiças.

Num ponto distante
    do planeta
uma criança brinca.
    Brinca?
E uma mulher passeia
    sua agulha
em torno de um
botão de rosa.
Enquanto a lua gira
    em torno de
    todos os corações.

Às oito e meia
    sentimos sono
        embora
não seja hora de
    dormir ou acordar.

Nessa hora a alegria
e a tristeza
existem porque
o mundo existe
e a poeira que sobe
sobe
é apenas um sinal de
que vivemos à espera.
Num ponto distante
em outro mar
surgem num barco
um menino querido
una mujer e
um brinquedo.

Um brinquedo estranho
que não brinca
um brinquedo pequeno
que não quebra
um brinquedo
que faz na minha mão
sinais incompreensíveis.

Una mujer que não
sabe onde vive
uma doce mulher
que estende seu amor
a quem quiser.

Una mujer e
um menino
que bate sua varinha
em nossas cabeças
e nos transforma
em cabritos.

JUNTOS

Eu vivo porque
o sol existe
e o mar
e a chuva
que alaga o beco
dos sapos
para que eles
também
tenham esperança.

Eu vivo enquanto
os mosquitos passeiam
no cabo da vassoura
deitada no chão
de meu banheiro
vazio.

Eu vivo e o mundo
nesse instante
vive repleto de barulhos:
uma pancada de latas
um rádio
um passarinho
e o meu coração
arredio.

Eu vivo porque
as folhas nascem e
as crianças nascem
inundando a face
    do planeta
com outras vidas.

À PROCURA – I

E
nos resta
lavar a louça
numa tarde de sábado
no meio do mundo.

E
andar
em busca do sol
a cada esquina
à procura de tudo.

Como
andarilhos
perseguidores de pontas
cacos
vestígios
em cima
em baixo
do capim da rua
pontas inevitáveis
no meio da vida.

Peso esquecido
inútil lixo
revestido de sol

de ar
de sua angústia
que nunca sabe
onde extinguir-se.

Depois queimar
queimar um cílio
um pedaço de mão
ou um cigarro
que queima o pulmão
nosso fole diário
que nunca pára
de queimar-se
queimar o ar
e sua vida
que nunca pára
de ir e vir
e poder retornar.

Por quê
meu Deus
que ninguém sabe?

Para ir e vir
apenas como
num suspiro?
Para ir e vir
no céu
como um chicote?

Ou
como andarilhos
à procura de um toco
moeda perdida
dentro dum pote
e que refaz
refaz a vida.

Ou
como meninos
que não procuram.
E brincam
e brincam e
não percebem o
universo inteiro
ao seu redor
o peso de mil e
mil injúrias e
fabricantes de brinquedos
e colarinhos.

Olhar o céu.
Olhar a vida.

Na fímbria do horizonte
não.
Na próxima esquina.

Nas escarpadas nuvens
    não.
No momento seguinte
    quando uma menina
engole latas e ampolas
    e cigarrinhos.
    Em busca de
    outros destinos.

    Em busca
    de um pai
    que tomou
quinhentos cruzeiros
    do vizinho.
    Em busca
    de um filho
que se perdeu
com seu cavalo
    numas esquinas.
    Em busca de
seu quinhão de armários
    cadeiras
    beijos e
    cozinhas.

À PROCURA – II

Apenas retorna
o que não
está perdido.

O que não
esbarrou nas esquinas
como bandido.
O que não
pereceu na noite
com cheiro de mordidas.

O olhar do boi
penetra a casca
do boi adivinho.
O olhar da lua
tem jeito de curioso invisível.
O olhar diz tudo
o que não devia ser dito.

Em busca de
pontas aguçadas
que apontem vestígios.
Em busca de
almas vestidas com fraldas
e cirandinhas.
Em busca de
madeira, pregos e
uma marmita.

À procura de tudo
é que saímos à rua
    todos os dias.

Como meninos descalços
em busca de bolinhas
ou de um boneco apertado
atrás da escrivaninha.
Ou como pessoas comuns
remoendo nos olhos
o fim
    de um outro dia.

À procura de tudo
é que varamos os sonhos
    em vigília.

À procura de um prato
    um alfinete
    ou um suspiro.

Rolamos entre madeiras estreitadas
debruçados em janelas velocíssimas
    que correm o mundo
        sempre
em vários ritmos.

O OFÍCIO DAS ÁGUAS

A água, pela cidade,
escorre sem dizer nada,
venha de chuva ou torneira
ela cumpre a sua mágoa
de ser usada e cuspida
pela boca ou pela vala.

A água, pela cidade,
exerce qualquer lavagem
de pia e de outros olhos
de onde escorre mais farta
deixando sua cor nas toalhas.

Engrossando a tempestade
de água, lameiro ou pasta,
no varal as lavadeiras
fazem-na de instrumento.
Como vassoura ou martelo.
Como lavoura das mãos
que brotam mais enrugadas.

Tubulações invisíveis
carregam por toda parte
do corpo-cidade a água
que nunca existe parada.
Ela e seus variados
produtos e derivados

buscando sempre o de baixo
o centro da terra amada
onde está sua morada.

Este venal habitante
de todo lugar humano
percorre também os sexos
mas nunca diz onde estava.
Conhece o dentro dos corpos
mas não conta suas falhas.
Qualquer buraco é bueiro
de onde sai, transformada
em lavagem, coisa usada.

Para isso vive, essa água:
pra entrar e pra sair
do outro lado, mudada.
Para esconder-se e saltar
das fontes, que a fazem esguia.
Para correr e lavar
a louça, os corpos e os carros,
as ruas, as folhas e as almas.

Depois, cai no rio-estrada
já meio suja ou usada
e assim não serve pra nada
que sua razão é ser limpa
e seu ofício é limpar
o mundo, a vida e depois
sair correndo pro mar.

COMO NUM SEGUNDO

No meio da vida eu
   me pergunto:
voou do galho o pássaro
   por nada?

Mudam os momentos
mudam as latitudes
   como num sonho
   como num segundo.

Teu movimento de braço
   anterior
é tão distante
   quanto
um outro mundo.

Como num segundo
  as mãos
        os pés
           o cume
mudam de cor
   de voz
   de pose viva.
Como de costume.

A vida encobre o som
   já emitido e
num instante desperta

o outro gesto
escondido.
O mesmo aceno de mãos
jamais
vai repetido.

Mudança obrigatória
irreversível sina
que nos liberta o futuro
e não reprime
e descaminha os rumos
dos destinos.

MUDANÇA

Que fazemos
    aqui
    juntos
nesse lado do mundo
    se
nossos destinos
    seguem
    dependurados
nos postes mais altos?

Que fazemos
    aqui
    juntos
dentro do ônibus
    se
não nos interessa
    juntos
    estar
    seguindo
para o trabalho?

Que fazemos
    aqui
    sempre
do mesmo modo:
    deixamos
    o acaso

agir
inexistente?

Que fazemos aqui
sempre
sem querer mudança?

Mudamos.
Então
como
por quê
as mãos
os olhos
sempre parados?

OS DEDOS

Por quê
    os dedos cansados
    por sobre a mesa
    cadeiras
    sobre essas pernas
  sempre
    tão imutáveis?

O quê
   aguardam
   se nunca
movimentaram
   toalhas
todos os corpos.
   E pouco
mexem nos seios
   velhos
que logo acabam?

Quê
   pesadelo carregam
   quando se casam?
   Deitam-se
em seus cabelos
   ralos
como obrigados?

Sentirão
    esses cinco
mais vinte dedos
    uma
ânsia de ir
    onde
não vai o braço?

Por quê
    se calam esses
    mais vinte dedos
  como
    logo estafados
  todos
    depois de um dia
      cheio
  e inexplicável?

O DIA

O dia não vem com seus pássaros
vem com pesadelos.
Vagos gestos de cansaço
e um lençol derramado.

O dia não vem com as nuvens
elas passam inutilmente.
Enquanto os olhos não caem
as mãos se agitam nos lenços.

O dia não vem com o vento:
largos campos refrescados.
O dia vem com o mau cargo
e a obrigação do trabalho.

O dia não vem como as luzes
que anunciam branco e água.
O dia vem como orgia
de sebo, carne e embaraços.

PEDAÇOS

Venho
mas não como a pedra
que rola inteiramente.
E sim
como a chuva
que cai despedaçada.
Ou
como o vento
que voa esparsamente.

Corro aos pedaços
a mão
sem ter lugar.
O coração dividido.
Sem ar.
Sem ar.

Depois das
seis horas da tarde
o que restou
para se amar?

O QUE HÁ DE VIR

O que nos espera
  depois
do café da manhã?

Talvez um acidente
  coisa comum.
  Talvez a vida.

O que nos garante
  a recompensa
  todo dia?

O que há de vir
  talvez
  não sei
  o mundo.

Não basta
      olhar o céu
com suas nuvens.
  Em cada canto
espreita
  algum futuro.

Futuro do presente
  do passado
e de outros futuros

que não trouxeram ainda
    a nova vida.
    Um novo carro não.
    Um novo mundo
que nos espera talvez
    na próxima esquina.

SUPER-HERÓIS

A mulher-gato
    vem nos salvar
    nesse nosso dia
insuportável?

O homem-aranha
    vem nos redimir
quando tentamos
    coisas
    irremediáveis?

    Não.
    Apenas um gato
e uma aranha
    surgem rasteiros
    no meu telhado.

No meu telhado
    cheio de goteiras
    cheio de passados
que não se importam
    se estão
    do meu agrado.

ESPELHO

Quando a gente
se olha no espelho:
os sinais da velhice
os cabelos na pia
os sinais na planície
armada pelo corpo
plácido bonito
amado e esquecido
um dia na memória
página relida
como se nunca visse
o vidro e sua vida.

O VÔO

De que nos vale
o pio da ave
na manhã de segunda
Se
todos passam e
vão atentos
ao ônibus
para o trabalho?

De que vale
o grito rouco
em cima da cerca
se
eu passo e não
me volto e não
sei se foi
comigo ou com
a outra ave
que voou do poste?

Avisava-me do
carro apressado
na esquina?
Pedia comida
como um cachorro
como um menino?

Não sei.
E agora não dá
para voltar.
A ave voou
sem ter que ir
para algum lugar.

Seria um convite
o pio
o grito
instantes atrás?

OS MENINOS NEGROS

Os meninos com seu cheiro
de capim queimado.
  O menino negro
  suas roupas sujas de alegrias.
Um menino que solta
 sorrisos pelas narinas.

Quando as mulheres atrapalhadas
  já fugirem
e os homens descalços calarem
  sem ter vida
   eu estarei só
  tão só
embora vivo
  com algumas lembranças que
me caem sobre os cílios.

O menino verde
 no ombro da mãe distraída.
Um menino negro e
seus cabelos de fumaças da vida.
  Um menino escuro
perdido pela mãe nervosa
no rol sem paz dos utensílios.

Quando os homens relaxarem seus abraços
e as mulheres fecharem as tetas de improviso
eles trarão de novo o cheiro descampado.
O cheiro dos talos e dos vagalumes
que fervem na curva gelada dos riachos.

Quando os trens passarem anoitecidos
fazendo tremer a água dos banhados.

CHUVARADA

Embora a chuva
caia pra todos
    num momento
a manhã de cinza
    não será
    unificada.
E a chuva mesma
    tantas vezes
    variada
em tantos pingos
    talvez
    não siga
uma só jornada.

    A cada um
    a manhã
fornece uma outra quadra.
    A casa
    a camisa usada.
Os filhos todos no mundo
um milhão de madrugadas.

    As manhãs
    na manhã.
      Os dias
     num dia.

Os pingos
na estrada.
E cada homem e mulher
carrega uma sua calha.
Seu mundo.
Seu pé-de-meia.
Uma sua caminhada.
A cada dia
a manhã
é a mesma
desdobrada.

Em cada parte um atalho
uma outra encruzilhada
divide o mundo em lugares
uma não só cavalgada.

É a parte desse rumo
que se dá na sua vala.
A cama, o livro, o trovão
que anuncia a chuvarada.

EL CONDOR PASA

O condor
ponto
risco
no céu
corisco.

Aquela ave
aguda
vê
na mancha escura
da terra
o quê?

Sem mais
vagueia
por tudo
ciscando
com os olhos
neste chão mudo.

Aqui percebe
leve
o alarido
de um povo
cantor
deste chão novo.

VIVA VOAR

Como um pássaro
    daninho
    fujo
pequeninho
na frente da chuva
que quer me pegar.

Levantando o bico
    vivo
ensaiando um grito
    pronto
    pra voar.

O vôo do vôo
vai surgindo assim
de dentro de mim.
    Será que
    vai piar?

DIA DE TRABALHO

Porque a manhã me recolhe
    sem alegria:
em cada folha de árvore
    capins.
Em cada brecha de asfalto
    sinais
vida e nascimento.
    Miudezas
que vejo todos os dias.

De que vale uma folha
perante o Universo?
    Uma folha apenas
    no meio da vida.
Ela faz falta à árvore
na manhã desagregada?
    Uma folha
     manhã.
Perante um dia de sol
     e de atropelo.
Uma folha cadente
e que me diz: alô.
    Me dá sinal
    de vida
antes que eu prossiga
    disperso
para o trabalho.

CENA BRASILEIRA

Casal de negros
namora na varanda
sob palmeiras
taboca
um sono de mar.
Noite.
Frescor de
violão e afoxé.
Laranja
o
luar.

LUA, LUAR

O homem
precisa
da lua
    ali.
Ele quer
sempre um
    astro
girando em
torno de
    Si.

A SERPENTE EMPLUMADA

Talvez impenetrado de rumores
talvez um dia
um grau, um século.
Longe do arquivo morto da terra
umbilical vestígio
venha nascer aquele
aquilo
aquela
ave retinta
descabelada e cômica
a pombagira
tresrepetida em trinta e três e três
seres iguais
descabelados no mundo
oposto.
Passado e morto
viveiro de lagartixas.

Então será
o choque
imenso do futuro.

A grande mãe reboa
contente no infinito.
Destransformada em vôo
asas
gritaria.

OS CÃES SEM CALMA

Os cães sem calma vieram tateando as avenidas
na noite, que vimos parada e sem barulhos.
Os cães calados apenas urinavam nas vidraças
e não latiam, coitados, eles não diziam nada.
A lua não lavou os corpos embaixo do cimento
que cobriu toda a estrada, levou toda a verdura
dos talos deitados que não davam gritos.
Os homens esticados que não viam tudo.

O último sono, quem sabe, virá do mesmo modo
e os cães não poderão salvar as suas vidas.

Os cães não latem, eles apenas respiram
e vão aos bandos e urinam e não se falam.
Eu não quis rever a sua andança
de cegos, cavalgando a única via.
Eu não quis saber dessas jornadas
que não perturbam o sono distraído.
Os cães sem alma, os cães sem companhia
na noite de janelas escuras e cortinas caladas.
Onde encontrarei uma torneira com seu líquido?
Como seguem com eles as cadelas não paridas?
Ouçam o barulho, apenas um sussurro
que vem de trás dos muros e das toalhas.
Serão os corpos inertes e desconhecidos
manifestando a seu modo o desagrado?

Você não ouve mais que um suspiro
enquanto o vento chacoalha os eucaliptos
fazendo um barulho entre as folhagens.

Vejam a aurora. Não. Este é o clarão das luzes
dos postes embrutecidos, luzes de alumínio
que não refazem a manhã, a nova vida.

Os galos cansaram e não se reanimam.
Madrugada sem galos, coberta de cortinas.
Como nascer o dia, se o grito estanca nas gargantas
do galo, emudecido no meio de seu turno?
Gelou na veia o sangue, a alegria?
Por quê não canta o bicho e reinicia a lida?
Por quê não dá início ao dia, à própria vida?
Por quê se cala a ave ou se acovarda?

Os prédios estão negros, as poltronas vazias.
A noite não encontra ventanias.
Os cães pararam e agora nem caminham
pois já perderam o tato e o bom senso.
Os cães que pensavam permanecer imunes
ao sopro da noite e dos corpos caídos
deitados em suas camas de improviso
entorpecidos, enquanto aguardam o co-có-ri-có
do dia, na noite sem trégua e sem valia.

LAMENTO PELA VIDA

Quando todos os olhos ousarem fugir
sem encontrar descanso ou seus conselhos
Quebram-se os corações.

Quando as mãos estiverem estendidas
cantando atrás das lajes, sem defesa,
Quebram-se os corações.

Quando as mulheres sorrirem facilmente
esperando na calçada em atropelo
Quebram-se os corações.

As meninas erguem as saias facilmente.
Elas apenas esperam um olhar de dois cruzeiros.
Os homens querem mais que cinco vezes.
Nada se espera dos becos e seu cheiro.

Quando os carros atropelarem uma criança
que não é meu filho, nem poderia ser.
Quando os corpos caídos chamarem as atenções
e dos rostos queimados surgir algum lamento
Quebram-se os corações.

Ai dos homens que não se refugiam
atrás das portas e seu doce álcool.
Ali encontrarão, talvez ou não, ou nunca
encontrarão um braço e seu sossego.

Quando os homens calados já dormirem
e de seus rostos ficar uma lembrança
Ai dos corações que evitam sentir medo.

VAGALUMES

Porque a noite me parece muito cinza
e a manhã não me soa iluminada
    eu tento
acender na ponta
do dedo um vagalume.

Porque a noite não controla seu escuro
e a manhã não ecoa tanta luz
    eu tento acender
na ponta do dedo
    uma lanterna.

    É ela
que me pisca
pisca no meio do mato
chamando-me para o lado desses rios
os rios que correm como riachos
por sobre as pedras
    sobre
meu corpo frio.

Chamam-me as pedras
os matos da beira do rio
que não se esquecem que um dia
    estive ali
estive ali chamando os vagalumes
enlouquecidos todos pelo mormaço.

Chamam-me os matos
pretos com a falta do dia.

Chamam-me as pedras
    eu
não posso mais revê-las
    eu
que não posso
    nunca
poderei revê-las.

As pedras submersas nas correntezas.
Meu coração não saberá deter-se.
Um vagalume entrou pela janela.
Milhões de insetos não me podem socorrer.

Nunca será meu coração satisfeito.
Engolirei estrelas ou corredeiras?

Serão meus braços de espinho
    sob as folhagens
quando as luzinhas voltarem
    sem sossego.

TRABALHADORES

Os homens
suas velhas malas
esperam sem dizer nada
perdidos
pauzinhos tortos
deixados por toda parte
pedaços
papéis crispados
caminham para outros lados
do mundo.
O quê aguardam?

Não se distingue
neles
o mais ceifado.

Passarinhos enormes como gaviões
onde andarão seus salários?

Cães inocentes morrem e não pressentem
a indiferente noite que os retalha.
Sua barba triste ainda será raspada.
Que mão potente e enorme a quer sem fala?
Deixem gritar nas curvas os bois capados.
Somente deles sai um som de calma
porque não sabem nunca sua picada.

Em que remanso findam todas as tardes?

Vem, carroceiro, levá-los para a cidade
onde se espantam os olhos dos homens ralos.
Põem-me medo seus dedos desconfiados.

Por trás das tábuas feias dos barracões
que pensamento trazem quando não dormem?
Onde andarão seus filhos desajeitados?
O sol não sabe – Menino, vem para casa.

Quem poderá levar-lhes suas marmitas
se vão distantes e nunca pedem resguardo?
Seres estranhos que dormem pelos vagões
    pobres madeiras
       sacos
    de milho cego.
Rememorando os beijos de suas Marias
não compreendem um dedo
    do que os aguarda.

Virá depois da curva a sua estrada?
Carregamento de carnes, como enlatados
serão entregues nos portos e empilhados,
longas filas sonolentas dentro da tarde.

Homens calados recolhem suas jornadas.

DESAVENTURAS

Ontem eu vi:
os pescadores e suas
caras mais duras.
Seus braços de veias
desencontradas.
Seus olhos perdidos
em alagamentos.

Vi também
seus lares de tábuas
e de anemia.
As ferramentas presas
pelas paredes.
Embaixo do travesseiro
uma andorinha.

Ali nasceram seus filhos
desapontados.
Ali cresceram os nove
abandonados.
No meio dos patos
e dos pintinhos.
Seus filhos que
até
conseguem ser bonitos.

Ali um dia
    retive
minha atenção
buscando as perguntas
    mais curiosas
no meio das moscas
    e dos lençóis
pendurados nos cantos
    em toda parte.
Ali percebi que eles
descobrem a vida
    no dia-a-dia
e conversam sobre isso
    nos seus botecos
    prolongamentos inúteis
de suas casas.

PINGOS

Numa tarde de chuva
    meu coração.

As camisas molhadas
    não traem
o seu destino:
    a primeira lâmpada
deitada no amanhecer.

O amanhecer
    de múltiplas couraças
e passarinhos soltos
    nos corações.

    A vida
passa como enxurrada.
    Dentro da chuva
    espero-te
dia de amanhã.

No meio da chuva
    que faz
nascer as árvores
    não sei aonde andam
    descalças
minhas ilusões.

À TARDINHA

O povo anda cansado:
  trinta sacos de aguardente
  chegando em casa
  descalços.
Sapato jogado na rua
e um cigarro apagado.

O beijo na mulher triste:
  pedra jogada no rio
  água velha de banhado.

O dia passa que é um trem:
  pêndulo entorpecido
  sentado numa gaveta.

Os pombos no vão da janela:
  o pescador das barrancas
  e o telhado da pia.

Um punhado de gargantas
  nas toalhas e nas mesas.
  Pratos velhos de comida
e um fogão requentado.
  Um vestido sobre a cama
  e três filhos na privada.

Um paletó na cadeira
 e um saco de batatas.
 Calo, sapato sujo,
camisa rasgada e um garfo.

Um olho sobre os cabelos.

Como um barco que se alonga
se perde e cai dentro d'água.
 Como a pele que se queima
 como arroz sem sal, sem nada,
mais um dia
 que é varrido
entre as tábuas dessa escada
 para fora dessa casa
longe de todo alcance
 e mais longe dos quintais.

DESCRIÇÃO DO MAR

Preso e sereno
mar barulho
come o mel
do meu corpo
e me transforma
em sal.

Ali se aprende
a liberdade de
ir e vir
e ainda voltar
e ter apenas
a leveza do ar.

Ali se nasce
bicho da serra
estrela d'Alva
brilho de água e lua
no varal da noite.

Estranho sentimento do mar:
ânsia de ser
concha e areia
estampadas no céu
no cais
em meu destino.

Estranho aprender de sentinela:
nesse vagar do mundo
brilharia
no teu coração
o meu?

VONTADE DO MAR

Vago e volúvel
mar idéia
cheirando a peixe
com abacaxi
nunca me esqueço
de ti.

Meu universo no mar
azul
temperado com centeio
de tainhas raivosas
fugindo ao forte
olho do espia.

Mar
de amor e morte
meu coração se arrepia
porque
as gaivotas namoram
na correnteza do ar
do mar calmo
que nunca
se esquece de mim.

VIAGEM DE TREM

Trabalhadores
pedaços de pão.
Mil bananeiras
olhos de amplidão.

Ferros dispersos
dedos de verão.
Trilhos dormentes
despontam no chão.

Desesperanças
dormem nos vagões.
Águas correntes
que só dizem não.

Sujas crianças
acenos de mão.
Casas caladas
verdes solidões.

CASA ANTIGA

Vejo a panela no fogão
calma a janela da cozinha
limpo o chão
o cheiro de chá
de folha de laranjeiras
enquanto a lua foge das
nuvens passageiras
sobre estrelas ancestrais.
Vagalumes vadios
há luz na casa antiga
entre caquizeiros
rodeados de mato
chiados de grilos.
O silêncio da noite
acolhe a lua
entre pinheiros
redonda sobre o mundo
encoberta lentamente
pelo lençol de nuvens
densas negras
que enchem o céu
de aguaceiros.

EU

Eu
estou aqui
e
quem quiser que venha
mas não demore.
Eu em saudade e
disponibilidade inteira
só
sem tamancos
ou a certeza
de um deus
ou dois
dias fagueiros
para que
nada me impeça
ou a você
que se aproxima
sem o saber.

SALVO

Cai a chuva pesada
na cidade de repente:
as pombas lançam-se
    entre os prédios
à procura do abrigo
    ante a tormenta que
aumenta e envolve
a muralha de janelas.

Cai a chuva solene
na cidade e tudo muda:
    as pessoas se molham
o asfalto se encharca
    o céu fica encoberto e
cai ao chão disperso
em aguaceiro enorme.

Nem a pedra é mais forte
    do que a chuva
que cessa pouco a pouco.

    A vida está limpa
novamente e minh'alma
    lavada, a cidade
varrida pelas águas.
    O mundo está salvo.

DESTINOS

As nuvens passeiam sobre as casas
porque a tarde em janeiro é vagabunda.
Mesmo na cidade repleta de barulhos
quem deve se apressar são os escravos.
Não o pinheiro, o vento, o sol, as pombas
que vivem acima de nós, sobre os telhados
de lamúrias, sobre as praças e o rebuliço
dos homens, que perseguem o indefinível
prêmio, avaro e fugidio.

Não as aves em bando sobre as varandas.
Não as palmeiras estáticas e firmes.
Não o dia que não tem destino e que
não necessita nem um pouco de sapatos
meias, camisas, suores e cintos
para rasgar esquinas e calçadas
atrás de um bloco de papel e tinta.

Não as crianças que gritam e pulam
mas que um dia entrarão noutras cirandas.

CORRENTEZA

Eu não conduzo essa vida
ela é que já me leva
na correnteza impossível
entre raízes e pedras.

Sou conduzido e levado
por lados que não amei.
Agora sou procurado
por ter feito o que não sei.

Não adianta buscar
o leme tomar nas mãos.
Minha nau involuntária
há muito perdeu o chão.

Vou por canteiros estranhos
onde nunca ali tentei
vãos encantos e sossegos.
Agora me abandonei.

PÃO E VINHO

O vinho e o pão de que me sirvo agora
fazem parte do tédio dessa vida.
Mas são também a sua parte alegre
seu compensar o áspero vazio.

São minha fome e sede nessa hora
de olhar constante e vago, sem notícias.
Sem ninguém perto ou longe, sem malícias
e sem o afago eterno de uma filha.

Assim bebo e como, tão sozinho,
feito no bar, no balcão, de tardezinha.
Para sanar minha febre e outros vícios
que ora invento e refaço até o início.

SOLIDÃO NOTURNA

Os periquitos anunciaram as asas quietas
e não encontraram a manhã em alarido.
Os corações parados nas calçadas
eles irão embora sem guarida.

    Uma noite apenas
é suficiente para a constatação:
Do vento, correndo vagos tapetes.
Do ar disperso pelas colunas.
Da folha caindo
    sem mãos que tragam cigarros.

Os meninos parecidos com cabritos
seguem descalços
    patinando as avenidas.

Os homens recolhem seus disfarces
e apenas se ouve seu vozerio de gasolina.
As mães seguem ocupadas nas cozinhas
e os meninos perdidos
    feito andorinhas.

Quando o primeiro carro passar pelas vidraças
fará soar o alarido das perguntas
    procurando cigarros
nas portas nunca abertas por preguiça
    procurando cigarros
e algum pequeno segredo
    de te fazer sorrir.

Quando soar na noite
    a alma que não vive.

Os periquitos surgiram com sua festa
e esconderam-se nos tetos das mansões.
Eles vieram buscar as suas frutas
quando ouviram soprar a noite
    vazia de sapatos.

Os rios correm longe
    e não se distingue
seu barulho de asas e bananeiras.

Onde os bares sonolentos
repletos de peixes?
Onde a caverna escura
    lotada de vida?

As mãos estão soltas
    perseguidas
e os pés descalços
    amassando perigos.

A vida e seu mar de névoa e azedume
tomou conta da noite e suas brumas.
    Tanto faz ontem como hoje.
Não se espera o retorno de outro dia
    que nada cura
    e nada traz consigo.

VENHA

Através de minha
janela
estrela
como tu
deves ser diferente.

Através de milhões
de anos de luz
estrela miúda
qual a razão que
te traz
de um outro mundo?

Tão diferente do meu
estrela-brilho
que me faz desejar
a tua vinda.

CANÇÃO

Falta uma canção
em nossas vidas.

  Por isso
quando a casa
  anda deserta
de teus acordes
  canção
murmuramos baixinho
determinadas lembranças
  do coração.

Quando a vida
  anda vazia
de teus cuidados
  canção
tentamos reconstruir-te
cheios de saudades
  do futuro.

SOMBRAS, LAMÚRIAS

O traje abandonado entrou na via pública.
Ele passou pela igreja
    inventando estrepolias.

O traje abandonado não diz
    o que queria.
Ele apenas arranca do bolso de trás
    duas notas de um cruzeiro
e permanece a olhá-las
    enquanto
    os anos passam.

O traje abandonado percorreu a noite
    mostrando o que não devia.
    Por isso o agarraram mas
ele não disse o que queria.

Foram buscá-lo na estrada de Colombo
    enroscado na várzea
encharcado de vinho.
    O traje indissolúvel
que faz as meninas fugirem
    sem motivo.

    O traje de sempre
    deita-se na rua latindo.
O interminável colarinho

nos convida a olhar
olhar, olhar
sem dizer seu destino.

Até quando, meus filhos
seremos obrigados a ouvir
bagaços de pano herdados
de gente desconhecida?
Dizem que foi o traje abandonado
que apagou os postes da cidade
porque não queria a luz
no meio do frio.

Dizem também
que foi o dedo do vizinho
que apontou no paletó
seu desalinho.
Que indicou na calça
panos caindo
e esclareceu a dúvida
que todos tinham
sobre o traje
o traje abandonado
sem gente dentro
sem gente
porque não é possível.

POEMA DE ESPANTO, SEM INDIGNAÇÃO

Foi quando eu compreendi que me queriam.
    No céu, uma estrela não surgia.
    No mar, uma bússola caída.

Depois de um dia, paletós vazios
surgiram da noite em que eu vivia.
Foi quando eu compreendi que me seguiam
apenas porque eram deles os passos.

Ali conversavam, parados e mudos.
Eu não sabia o hábito que mantinha
o corpo da mulher deitado na esquina.
Eu não conheci minha mãe em seu dia de luto.
Ali me apareceram os três sem pedir fumo.
Os três que me chegaram sem avisos.
Os três calos, três pedras, três minutos
que vicejam no meio disso tudo.
Três minutos que não me aliviam:
quem saberá do mar nesses minutos?
Quem saberá do ar e suas crinas
de ferro e folhas que varrem tudo?

O tempo todo como num minuto.
Minha vida se acaba como eu não queria
pois compreendi três vezes, três minutos,
que o céu não se importa, tantos gritos,
o céu não apaga esses meus vícios.

Uma estrela, um sol e lua escura
depois que ladraram os cães noturnos.
A brisa esfriou pela campina.
Lá bem distante está o meu menino
que me pede a mão e me vê estendido.

Compreendi, vejam bem, que o cão não vinha
em meu socorro e espantou os vagalumes.
Em minha cova secreta eu descobri
no meio da vida uma surpresa fria
e a maresia que vai e se aproxima.
Eu descobri sem querer o meu destino
no ar que vem por trás e que derruba
e me recalca o peito e sopra a nuca
no ar, com sua cor de verde-oliva.

Eu descobri no céu aves caladas
voando todas, folhas vagabundas.
Na água, o som de suas lamúrias.
E em minha mão apenas um segundo.

Foi sem querer, no céu um mesmo grito.
Foi sem querer, no chão, um passarinho.
Eles vieram sem me dar aviso
e carregaram a roupa que eu vestia
e amassaram o som do assobio
a calma que trouxe em minha mão erguida
minha mão que aponta seus crimes
porque perdeu ao lado quem queria.

PARDAIS, VIZINHOS

O limo raro avulta ao sol
    no topo do telhado e
sob a última calha
    alguns pardais penetram
entre os cimentos e tábuas e
    esticando o bico
    branco para fora
jogam-se ao vôo fino
    que os traduz.

Irrequietos moradores
    de nós de
nossas casas mal feitas
de contrafeitos tijolos.
    O que os atrai
na alvenaria dispersa de
nossas canções crepusculares?

    Aves sem cor
    pardos desiguais.
Ninhos entre baratas e teias.
Inquilinos de nossos espaços inúteis
    úteis abundâncias.
Pressentem o inimigo na voz
    e na buzina?
    No choro do menino?
    Na paz doméstica dos
televisores malabaristas?

Nenhum sentido adquirem
    quando
acompanham nossos vagares
    insolentes
nossos lares de pedras
    aos pedaços.
Alegres exemplares da vida
  de nada me valem
  nem ajudam
a preparar a cama o
prato ou o trabalho.

Não os pretendo símbolo
convencional do ar.
    Serão
mais interessantes assim:
    coisa em si.
    Nem analogias ou
utilidades sistematizadas.

Seu vôo não requer
    indícios de mim.
Sua graça não compensa
    os versos que não fiz.

    Seres que vivem sem
    saber porque e
    que me deixam viver
sem perguntar por quê.

NASCIMENTO

Quando nasci
um anjo livre
chegou pra mim
    e disse:
Deus não existe
    e o diabo
é invenção de quem vive.

Nem bem nasci
    vi um anjo
irregular e triste
cantando jazz e um samba
com uma garrafa de pinga.
Era um anjo bonito
moreno-tinto
e me chamou:
    Vem comigo
    sem destino.
Era um anjo comum
    meio esquisito.
Entediado da vida
    sem sentido.
Desamparado e eterno
    o anjo vinha
pegar minha mão miúda
    ficar meu amigo.

Por ele estou aqui
    não sei para onde
desde que nasci.

Não sei o que quer
de mim, mas
desconfio que
    não é algo ruim.

OS PÁSSAROS AGONIZANTES

Os pássaros agonizantes saíram das gaiolas estupefatas
e dirigiram-se todos para as cabeleiras da noite
onde os atraía o choro da madrugada:
por entre os dentes suas vísceras sangradas.

Eles atravessaram as paredes e cobiçaram os intestinos
dos homens, no meio das coxas e dos lençóis.
Eles quiseram transformar-se em cálices e vermes
mas não passaram além da fechadura.
Os homens todos barraram-lhes os passos
e os pássaros feios fugiram dessas escadas.

O sonho acaba quando chega a madrugada
mas a ferida continua a latejar.
Qual o destino dos pássaros agonizantes?
Os homens choram a vida que dá nada.
Eles mal sabem do que está para acontecer.

São os pássaros agonizantes repletos em suas gaiolas.
são os pássaros da vida eternos enganadores
que, quando trazem o dia, trazem desgraça
e, quando trazem a noite, não têm encanto.

A TUA MÃO

A tua mão na minha
em movimentos abre
uma tensão de claro
afeto e obscuro trato
entre dois pensamentos
que se querem achar.

A minha mão na tua:
ato de querer chegar
entre dois pólos que
não sabem se explicar.

As duas mãos se movem
para se encontrar.
Na mesa ou na rua
toca o mesmo olhar.

Tateia o silêncio:
tato
tento atar.

NUNCA MAIS AQUI

Folhas varridas para qualquer lado
   no chão
   na pedra
folhas vencidas.
O que será das folhas que não caem?
Os pássaros deixam a árvore que não dá fruto.
   No outro lado do mundo
os pardais farejam e procuram.

   Nunca mais aqui
hei de rever os corações batidos.
   Nunca mais aqui
quero encontrar as pedras de empecilho.
   Nunca mais aqui
vou procurar o poço que me empurra.

As ondas passam e correm e não se cansam
   de ir atrás da areia
   que se escorre.

   Elas
parece que perfumam o ar e o oceano
   e vêm atrás do quê
   que ninguém sabe?

Para muito longe daqui
    num tempo
    no futuro
hei de apanhar o dia que não vimos
colher seu aspecto noturno.

Para muito longe daqui
num tempo que não existia
ouço os cavalos livres e robustos.

Meus olhos alcançam suas crinas
    muito bonitas
no outro lado do mundo
    depois
das últimas colinas
onde se ergue uma nuvem
    que nos chama
e nos faz perguntar
    pelo seu rumo
e nos faz ir atrás
    de seu destino
para muito longe daqui
quando não mais sobrevivam
    as folhas
    que caíram.

AS VIÚVAS

Que saudade provocam os trabalhadores assassinados.

Os inimigos chegaram e os perfilaram
nos muros, perante as mulheres e os filhos.
Que falta fazem agora os homens fuzilados
tantos anos depois
quando quisemos mover as pedras mais pesadas.

Suas mulheres enrolaram-se nas estradas
trazendo crianças, fezes e mosquitos.
Depois não se ouviu mais o som do trabalho diário.
As mulheres perderam os seus homens.
As cidades ficaram vazias de namorados
quando os canhões entraram vomitando morte.
Dos homens descalços restaram os intestinos.

Depois que essas coisas aconteceram
os assaltantes encostaram-se nas portas
trazendo consigo o coro da inimizade.
A poeira cobre as árvores até hoje
e as latas vazias restaram nos banhados.
Os tocos dos cigarros, os pedaços de pano
trazem às mulheres o cheiro de seus maridos.

A súplica vale igual à poeira varrida.
A piedade é folha morta no chão.
O sonho acaba quando chega a madrugada
e as mulheres recolhem-se às ruínas.

O choro das crianças tornou-se incontrolável
pois já não encontram o leite materno.
O murmúrio das mães não afeta os soldados
apenas os faz pensar em malvadezas.

A noite massacra os sobreviventes
e os moribundos repousam nos banhados
repletos de cal, de lodo e vagalumes
e nada mais podem fazer pelos seus filhos.

ASSASSINADOS

O corpo do assassinado
Coberto por mãos de faca.

O corpo do moribundo
Feito de cortes e tapas

Rolava na ribanceira
Onde à noitinha estávamos.

O corpo do meu amigo
Jogado fora e cortado.

O corpo desconhecido
Onde o procuram seus pais

Traz no pescoço a sujeira
Do homem que vai sem calma.

O corpo desrespeitado
Que não se salva nem foge.

O corpo do estarrecido
Que já se encontra sem casa.

Os corpos dos impotentes
Ficados sem sepultura.

O braço do que está morto
Faz lembrar o homem vivo.

O homem que sente medo
Mas que se arrisca e se lasca.

AS PESSOAS

As pessoas estão dando beijos em fotografias
e murros no estômago dos quartos.
Dentro dos armários enforcam-se nos cabides
no meio da rua assemelham-se a vidraças.

No bolso da calça é que escondem os anõezinhos
brincalhões, recolhidos no meio da noite.
Andam a passos largos para o serviço
onde, caladas, arranham-se por baixo das escrivaninhas.

sob o céu do país

1999

DIALOGISMO

A satisfação
do livro caído
no chão
lido e relido
na capa
um desenho inteiro
um pendor de cheiro.
O mais
não aparece.
Fica escondido
entre páginas e letras.
Ideais antigos
saltam do papel
faceiro
e vivem
para animar
meu jeito.

EXÍLIO

Por ora, vivemos no exílio
que deste mundo se dá.
Pátria, mares, campos, tudo
é bem literário em mim.
Vivo como um guerrilheiro
que bem combate até o fim.

Não há que sair do caminho
nem outros eu hei de achar.
Há muitas estradas na vida
reta, curva, encruzilhada
e, quando eu quiser dormir
nunca vou poder deitar.

Vou como quem se pergunta
aonde irá pernoitar.
Serei recebido na vila?
Deitarei meu corpo vil?
Terei toalhas e banho?
Ou não há como escapar?

A MURALHA DA CHINA – II

Eu sei que os chineses vão dizer
que os teus olhos mais belos que o luar
que, à minha janela, pode estar.

Mas meu assunto é outro, minha amiga:
no outro lado da lua, oculto e velho,
vou guerrear as hostes inimigas.

De tudo que me é desconhecido
o outro lado do muro é o descampado,
onde não se vai, por não sabido.

O que tem além mar, além muralha,
vai estar reservado para mim
quando eu possa passar, já bem no fim.

LAR

Aquela janela
  no alto
 acesa
na escuridão
  madrugada.

Eu caminho
 pela calçada
  sem saber
o que ela esconde.

Não é minha amada
 que não encontro
na via errante.

Alguém me olha
e se recolhe
  e eu
  sem lar
passo adiante.

DESTINO

O destino
de minha alma
é ir beber na tua
se apoiar na tua
se agasalhar na tua
Alma
minha rotina
perseverante e calma.
Pelos milênios
teu viajante.

Meu corpo
eu deixo pra você.
Afogado nas águas
de teu mar distante.

NOTURNO

É assim que eu posso relembrar
a hora do teu descanso:
a cabeça deitada para o lado.
as mãos nos cotovelos frios.

Voltada sem vontade, recostada
no travesseiro, que recebe teus cabelos
negros e longos e espalhados atrás
como coroa bem montada e casual.

Não vou esquecer o jeito de rainha
na minha cama, entre as cobertas,
no inverno mais frio, escurecido,
estendida de lado e encolhida.

Aguardando o momento de eu deitar
e poder alcançar o que procuro:
teu corpo já quente de esperar
o meu corpo, com hálito noturno.

TRIÂNGULO EQUILÁTERO

Teu púbis negro vejo nessa hora
em que me encanto numa luz vazia.
Ele me acolhe em gestos de alegria
e me acalma, enquanto me devora.

Ela abre as pernas como um guia.
A me abraçar nunca se demora
exibindo num trecho a sua flora
mostrando meu caminho todo dia.

Que mais devo querer, se não me tolhe
a vívida caverna, que vem nua?
E muito ávida, que num gesto colhe
a minha voragem que era a sua.

NHUNDIAQUARA – I

As folhas grandes
das bananeiras
  do velho rio.
As folhas grandes
e os cachos verdes
  das bananeiras
que dão na estrada
  no pó de cima.
  No pé da serra
mais importante
  que traz o rio
  pedras abaixo.
Na correnteza
  mansa da curva
do corpo líquido
  que se derrama
por entre as árvores.
  E vai na ponte
por entre as árvores.
  Estrada fria
que só me leva
  e só me guia.

NHUNDIAQUARA – II

Foi nessa vila
na margem do rio
antes da igreja branca
e da casa marron.
Tábuas antigas
e a montanha azul
suave, imponente
rainha vegetal.
Águas e matos
bananeiras vastas.
Rastros e chãos.
Gados pastoris.
Os lírios brancos
da vida que eu levava
vão resplandecendo
na curva da estrada.
Doces perfumes
das folhas molhadas.
Pedras redondas,
muito mais risadas.

O SOL NO VENTO

O milho verde
no sol da tarde
ao som do vento
que é leve e forte
a cada momento.

O sol no milharal
com penachos de luz
em movimento.
Ao som do vento
rente à floresta
reluz no tempo.

LUZ

A chuva cai
sobre a casa
e o arvoredo.
E chama aos ouvidos
o escorrer de tudo
o desaguar em tudo.
Mesmo em minha
alma calada
clara e benigna.

Chove tamborilando
nas folhas, nos telhados
das casas de madeira
  apequenadas
no ritmo inerente
ao desmanchar do céu.

Dentro de casa
eu e os meus desejos
  observamos
o descambar dos pingos
  sobre o mundo
e o meu quintal iluminado.

Aos poucos vão
reluzindo os galhos
ao sol que jorra
por trás das gotas
um brilho de luz.

ETERNIDADE

A cidade é eterna
mas a gente passa
    e os carros
o motorista e o cobrador.
Os passageiros passam
    e os sonhos
caem e acabam
    na cidade incompleta
onde não falta um lar
    um banheiro
com água quente
    no meu corpo
   iInteiro.

A cidade é eterna
ela me dá conforto
e algum compasso
musical, ligeiro
    para me distrair
nesse meu viveiro.

FIO

Semente de milho
também dá poesia.
Sal comum para os bois.
Fio de arame.
O João vai ligar.

Noite de lua, vinho,
eu sou um, não dois.
Fio da roçadeira.
Fio da meada
do que vem depois.

POESIA DE BOLSO E DE BAR

I

Aqui estou eu
  no bar
  sozinho
como um bandido.
  Tomando umas
como antigamente.
  Sem ter pressa
    ou medo.
Remoendo o ódio.
Acalmando o cansaço
  de tantas léguas
    em vão
em meio ao mormaço.

II

Estar no bar
Para não reclamar.
Será melhor
Em outro lugar?

III

No bar
Sentado
Sozinho
Calado
Vejo um casal
Beijar-se.
Em seguida
Ela vai ao banheiro.

IV

O relógio do bar
está parado.

Olho de novo.
    Não.
Eu é que estou
vendo atrasado.

V

Ela
no outro lado
da mesa.

Ele pede para ela
sentar ao lado dele
para poder beijá-la
e ela vai.

Ele a abraça e
após o beijo
ficam agarrados
balançando
de um lado pro outro.

VI

Chove no meu coração
como chove lá fora.
A noite está tão fria
eu a passo acordado
repensando tudo.
A vida sem cuidado.

VII

Em vez disso
  estou aqui
sozinho
como um sapato.
  Sem ter nada
    a bengala
e algumas moedinhas
  que me deram
  no ônibus
a caminho do trabalho.
 Pensando na vida
  desorganizada.
Aos cincoenta anos
  e sem namorada.

VIII

O bar
Como o lar
Abre-se
De par em par.

IX

O bar
Como o lar
Me convida a
Me embriagar.

X

O bar
Como o lar
É sempre
O mesmo lugar.

XI

O meu bar
vai
por onde
eu vou.

Segue comigo
caramujo
casamata
caminhando.
Ao meu redor
a meu lado.
Dentro de mim.
Ali estou eu
  bebendo
como um cigano.
Com dinheiro
para a despesa
se não me engano.

XII

Quando menos
  eu esperava
    estava ali.
  Suspenso
    sem paz
como um salame.
    No ar
desajeitado
um galho murcho.
    Sem trégua
    flecha
depois do arco.

XIII

Noite de chuva
Tento sonhar
Sem dormir.

Noite de chuva
Agora vou ler
Para crer.

Noite de chuva
Há um mistério
No teu despencar.

XIV

Agora eu sei
  O que
Você quer.

Mas não me
  Venha
  Meter
A colher.

XV

Espero a comida
E resolvo pensar
Para escrever
Enquanto bebo
Meu vinho.

E espero
Não ter mais
Percalços
  Em meu igual
Caminho.

XVI

Tenho andado
  por aí
vagando a esmo.

Sem ter
aonde ir ou
com quem ficar.

Uma certeza
  em mente:
  A meta
qual será?

XVII

Está tudo OK.
Tá tudo bem.
Tá tudo certo.

Desde que
  O perigo
Não ande
  Perto.

XVIII

No bar
novamente
sentado
bebendo
pensando.

Sozinho
tomando vinho
gelado e brando.

Olhando pra rua
ouvindo conversas
agora e quando.

XIX

Fui andar na rua
fazer compras
  já voltei.

Agora, sento no bar.
  Pra quê
  não sei.

XX

Lutar pela vida
Com a flauta de Pã
Meu canto começa
Antes da manhã.

Lutar pela vida,
Obrigatório afã
Que cedo começa
Depois da manhã.

Lutar pela vida
Cobrir-se de lã
Dá muito trabalho
No frio da manhã.

XXI

Vou indo
por aí
como um poeta.
cumprindo
a minha meta.

XXII

Por mais
que eu não possa
navegar
nunca estou
sempre
no mesmo
lugar.

XXII

As armas
e os varões
por onde tenho viajado

assinalaram
as primeiras
globalizações
no oceano unificado
que era redondo
e infindo
nos bares
nunca de antes
navegados.

XXIII

Para comemorar
a vida
todo dia
não basta
estar vivo.

É preciso
lutar
saber navegar
ter porque viajar.

É preciso
estar atento
para não naufragar.

XXIV

Deitado escuto
Noite de fina chuva
Relâmpagos.

XXV

Deito no travesseiro.
Folheio o livro inteiro.
Palavras devem ter cheiro.

XXVI

Saímos por aí
Sem ter onde chegar.
Voltamos a nenhum lugar.

XXVII

Noite sem sono.
Ao meu ouvido exposto
Um pernilongo.

XXVIII

Fico devendo
Essa pra vocês.
Não foi dessa vez.

XXIX

Ressurge a lua
Redonda e nua
Sobre a rua.

XXX

Fui fazer compras
O mamão estava bom
Minha filha gostou.

XXXI

Noite em claro.
Ocupo-a com pensamentos
Que me levem daqui.

XXXII

É tarde, apenas
Um carro passa
Com seu barulho
Na noite.

XXXIII

Lua cheia no céu
Entre eucaliptos.
Sapos querem namorar.

XXXIV

Os trevos se espalham
No meio do mato
Na curva do rio.

XXXV

Eu e meu filho
Andamos a cavalo
Pela estrada afora.

XXXVI

Plantas e pedras
Caminho entre elas
Estamos juntos.

XXXVII

Os pássaros gritam
E pousam no campo
Para logo voar.

XXXVIII

Passeando no vale
Da pousada pequena
Entre ruas e casas.

XXXIX

Em viagem
Sem pagar passagem
Mas só um pouquinho.

SÓ

Essa noite
em que
eu fiquei pensando
que você vinha
aqui me ver
nada aconteceu.

E eu fiquei
ouvindo o silêncio
da sala
no refrão
tocado no rádio
noite adentro.
A lareira fala
eu não ouço o vento.

Essa noite
no entardecer
em que
eu fiquei ouvindo
o silêncio da sala
não era só
no recanto da sala
que ele vibrava
no meu pensamento.

Eram os carros
que vinham
pela avenida de sempre
e não queriam
esperar
nenhum consentimento
para enveredar
pelo meu peito adentro.

Essa noite
silenciosa e escura
só falta domesticar
o meu comportamento.

Eu vim
aqui ficar
silenciosamente
conversando comigo
eu aqui
sem nenhum tormento.

Essa noite
em que não estavas
tu aqui
no meu epicentro.
Eu vim
aqui rever
se eu sabia
como proceder
naquele momento.

Essa noite
que me acobertava
no ápice
do meu centro
qualquer que fosse
o meu regulamento.
Eu
só não queria
ficar ao relento.
Essa noite
em que eu havia de
ver se
na página fosca
à minha frente
onde estava escrito
o meu destinamento.

Esta noite
tangos boleravam
num canto escuro
em minha memória
eu dançando tanto
e querendo ter tudo
o que me traz o vento.

E depois chovia
noite adentro
com fortes ventos
raios
trovoadas

e explosões imensas
    no céu
para vir expressar
minha turbulência
que me arrastava
    mar adentro
para poder marcar
    o ritmo
do meu afogamento
o meu ressurgimento
quando ninguém esperava
o reestabelecimento.

    Esta noite
  é a única
em que me estabeleço
    a calma isenta.
Sempre repensando
  o passo, o carro
  o laço, o amargo
  o maço, o vaso
  o trago, o barro
  o largo, o raro.
Que eu sempre perseguia
  desde que
eu me dei por gente.

  No ritmo suave
saias transparentes.
    No canto escuro

bem naquele momento
    do beijo
    do abraço.
Como soa no vento.

    E a mão
    suave
na lisura quente
da pele garota
de todos os pensamentos.

  E o vento escuro
bem nesse momento
  vem tão seguro
soprando no tempo.
  Vem disseminar
a minha semente
  pela terra afora
pelo campo adentro.

E no canto escuro
    perdido
sem saber das horas
  de se acomodar
para poder dormir
  para relaxar
sem se esquivar
do que vem no vento
  nesse sopro lento
do meu levantamento

que se vai deixando
  quase amedrontar
    pela gritaria
do primeiro andar.
Não se vai dormir
  nem se acabrunhar.

É uma noite apenas
no meu se deitar.
É uma noite isenta
  que não quer dormir
nem se levantar.
  E eu aqui comigo
sem mais conversar.

Fico ouvindo os sapos
da minha lagoa
onde passa o rio
do meu respirar.

Sem pegar no sono
fico a imaginar
que uma coisa dessas
eu vou encontrar.

Logo estou dormindo
não vai dar pra pensar
na rima e no ritmo
que eu tento traçar.

Já a noite inicia
e vai se deitar.
O dia termina
no meu relembrar.

Sem trazer tormento
só para imaginar
numa noite limpa
o meu ressonar.

Outra noite passa
eu a repassar
no meu pensamento
todas as horas
da raiz quadrada
do meu respirar.

Não dá
  pra dormir.
Não dá
  pra acordar.

Eu aqui relendo
  a legenda lerda
do meu movimento.

  Não que
eu queira pedir
e nem quero dar.

Mas
quando eu me lembro
dá raiva e dá tédio
só de eu pensar.

Mas não seja isso
que vai me intimidar.
Eu quero dizer
e vou continuar
seguindo o vento leve
no rumor das folhas
da palmeira perto
da janela aberta.
Porque eu quero ouvir
o mato roncar.

E eu me descrevo
para me encontrar.
Você me fugindo
no derradeiro andar
que me vai sumindo
que me vai mentindo
para se ocultar.

Bem no fim do seu
largo ocultamento
venho eu aqui
a me apresentar
no seu templo lento
almas a sonhar.

O olhar perdido
a espada a guardar.
Na outra mão a pena,
o papel, o óculos
e este sonho de
  sempre
que vem aqui
  ficar.

poefichas

2019

Poeteu

O mar é o infinito
e o eterno das gentes.
Embelezado nas brumas
simbolizando o que vem.
Prazeroso e gemente
nunca nada o detém.
Ele anda destruindo
tudo o que não lhe convém.
Para renascer na maré
que nos invade no além.

Quanto desalento
na tarde intransponível
com algum vento
nesse dia incrível.
Nada me resguarda
no horizonte cinza
dentro do apartamento
com alguma brisa.
Por isso me escondo
atrás da cortina
e trago meu lanche
para o dia seguinte.

Ainda que eu bem não queira
devo pagar o condomínio inteiro.
Não importa o quanto ou quando seja
o gasto é que vem ligeiro.
Devo pagar e não sei de onde possa
retirar com jeito algum dinheiro.
Os juros bancários não respeitam
a minha honestidade sobranceira.
Ninguém quer saber minha virada
ou o que vale nisso algum sorteio.
Por isso, não vivo o meu legado
que se acaba logo na zoeira.

O enorme bloco
muitos apartamentos
parecem uma colméia
que não produz mel.
Produz rancor
ciúmes e tesão.
Abelhas mais atentas
na televisão.

Mais uma vez
tento decifrar
o medo do futuro.
Por isso invento deuses
que me possam socorrer
no solitário rumo.

Depois de muito ensaiar,
apresento meu show da vida.
Os que aqui me acompanham
não querem vê-la perdida.
Pesar de tanto sonhar
com uma ilusão desmedida.

Tudo que pode ser bom
traz também dificuldade.
Uma vez em cima.
Outra vez em baixo.
De dia estou fora.
De noite me encaixo.

De ti me aproximando
tive uma grata surpresa
por tua sensualidade
e tua rara beleza.

Sem querer ficar parado
olho para todo lado.
A moça bela me exige
que eu decifre a esfinge.

Estamos sendo invadidos
por corporações estrangeiras
aliadas aos traidores
de nossa nação brasileira.

Repolho, beterraba, rabanete,
alface, pepino e batata.
Nas feiras de todo dia
tem coisa boa e barata.

Deitado, restabeleço
as forças que eram perdidas.
Nas noites que não têm preço
as horas passam escondidas.

A amiga anda tão longe
nem sei aonde ela vai.
Não passa por mim na rua.
Não chega perto e não sai.

Repenso as ciladas da vida
as quedas, as investidas
umas novas, outras idas
como se fossem armadilhas.

Minha cachoeira mental
não pára um só minuto.
A noite inteira jorrando
ao encontro de um assunto.

O sol entrando na janela
na tarde eterna se apruma.
O sol faz nascer tudo,
os pinheirais e as brumas.

Tua beleza rara surpreende
quando estou perto, a vê-la.
O rosto adornado nos cabelos
soltos nos ombros, como seda.

Para isso abro o meu flanco
sem armas que me defendam.
Argumentando calado
pensando me compreendam.

É assim que sigo o destino
sem saber o que quer de mim.
Tento ser bom menino
mas não consigo, no fim.

A vida é um quebra-cabeça
que não se sabe onde vai.
Talvez um dia de sol.
Talvez a chuva é que cai.

Quietinho no meu cantinho,
vou me escapando dos outros
que fingem me querer junto
e me afastam num sopro.

Passo o tempo relembrando
as partes mais merecidas.
Mulheres, situações,
as coisas boas vividas.

Uma gente boba e covarde
querendo ter tudo na mão.
Atrás da felicidade
prometida na televisão.

No fundo de todo poço
tem areia movediça.
Tento safar-me e não posso
fugir da vil armadilha.

As andorinhas pousadas
nos fios da cidade
povoam a manhã
com total liberdade.

A imensa vastidão do cosmos
com seus bilhões de galáxias e estrelas
esconde mundos e tempos infinitos
que nos tornam diminutos, ao vê-las.

Mundo mais triste
igual não existe.
Mortes, misérias
e coisas mais sérias.

O que desejo alcançar
parece fugir de mim.
Fico aguardando a passagem
do tempo, que não tem fim.

O tédio é doença fatal
que acomete os viventes.
Contra ele, vamos atrás
de emoções envolventes.

Hoje eu estou feliz
e nem sei por quê.
Talvez seja a vontade
que tenho de ver você.

Teu andar sinuoso atrai
o olhar do velho vagabundo
que já não sabe o que faz
displicente pelo mundo.

A natureza só conhece o presente.
O futuro e o passado não existem.
Momentos de um sopro vital
que, como as ondas, persistem.

Gostoso ver a chuva
cair de manhã, na cidade.
Os pingos tantos, infindos
e seu barulho suave.

Acabou o que eu guardava
displicente, sem saber.
Achando que era eterno
mas escorreu sem eu ver.

Os animais sempre vivem
a saciar sua fome.
Com predadores vorazes
é pega, mata e come.

Insônia pela noite a dentro
vou relembrando momentos.
As idéias não combinam
e não encontram alentos.

Pra não perder a manhã
bela, sem nenhum problema,
pego papel e caneta,
começo mais um poema.

As vozes que me confundem
estão sempre perto de mim.
Elas acham que me iludem
mas eu escapo, no fim.

A música é sinal alado
que contagia os ouvidos
comove os corações
refaz momentos perdidos.

Assim se move o destino
afastando você dos caminhos.
Porque existem silêncios
que necessitam adivinhos.

Vocês não podem ajudar-me
na selva sendo perseguido
por seres humanos incógnitos
que me seguem sem motivo.

Nem Deus, nem o diabo parecem
querer mudar o destino.
Você sozinho encontra
o fundo do labirinto.

Triste deixar o passado.
Coisas já construídas.
A vida exige mudanças.
Iniciar as partidas.

Incerteza não tem fim
na tarde chuvosa e fria.
Parece que o mundo verga
sob uma capa vazia.

Os homens são conduzidos
como os cavalos e os bois
que seguem sempre levados
por vãs promessas de arroz.

O trem apita na estrada.
Não sei de onde ele vem.
Não sei para onde ele vai.
Só sei que quero ir também.

As manadas de bichos seguem
à procura de água e comida.
Os filhotes ao lado das mães.
Fazem isso por toda uma vida.

Deixei cair pelos dedos
o que eu não soube reter.
Agora fico calado
sem saber o que fazer.

Agora, não perco tempo
pensando na vida ingrata.
Pego logo de um poema
que é a coisa sensata.

Vou acima, vou abaixo,
um curioso no mundo.
Achando que vai dar certo
o que a gente faz junto.

Melhor é sair pelo mundo
atrás de uma outra jornada
ampliando as opções
como quem vive na estrada.

O surdão na marcação.
O repinique acelera.
Os tamborins animados
festejados na galera.

Meu verso não serve pra nada
a não ser um vão prazer.
Encanta a mulher amada
que chega perto pra ver.

O rádio do carro toca
a música preferida.
Troco a marcha, olho a rua,
sigo a vida aborrecida.

No bar, espero sentado
a bela não quer chegar.
Quanto tempo inda será
que ela vai demorar?

Já que nada há para fazer
percorro as ruas insufladas
como se nem houvesse a perder
a esquina e a encruzilhada.

Os pássaros pousados
nos fios dos postes tantos.
O crepúsculo fenece e
cobre o mundo em seus mantos.

A beleza que emana
de teu porte feminino
promete ao homem tolo
poder mudar o destino.

O desinteresse dos políticos
pelo povo que os elegeu
falsifica a democracia
e agora deu no que deu.

Os mais complexos altares
construídos ao deus mercado.
Mas eu, como ateu, confesso:
sigo para outro lado.

O trem passa valente
apitando no cruzamento.
Os carros param e aguardam
apenas por um momento.

Nalguns momentos relembro
as falas mais esquecidas.
Mulheres, situações,
as coisas boas da vida.

Não queria confessar,
mas foi assim que aconteceu.
Eu e ela abraçados,
achando que o mundo era meu.

Exclusivo para você.
Adquira na promoção.
Só vale até amanhã.
Não dá para dizer não.

Nada se encaixa certinho
naquilo que você queria.
É sempre preciso um acerto
pra completar o seu dia.

Silencioso como um rio
que se transporta pro mar,
eu não conheço destino
que não seja navegar.

Nos rumos da estrada aberta
os lírios brancos reboam
e seu perfume ondulado
por todos os campos voam.

O número deve estar errado.
Eu ligo e ela não responde.
Eu me pergunto: será
que ela mudou-se pra longe?

Eu não me perco
nem me desanimo,
para poder ver melhor
meu oculto destino.

Olha que linda a chuva
torrencial, na paisagem.
O mundo quer virar água
inundando a passagem.

Enormes as solidões
que nos aguardam, escondidas.
Por trás de cada esquina
há um vazio nas vidas.

O impossível acontece
quando os olhares se encontram.
Pode durar uma vida ou
apenas um desencontro.

O invisível constrói o visível
assim a noite segue o dia
a morte vence a vida
ora cheia, ora vazia.

Parece que eu ia ganhar
a regalia da vida.
Mas ainda vai demorar.
A traça corrói escondida.

Rio meu que corre sem mim
para onde eu não saberei.
Até que você tenha um fim
a minha vida eu gastei.

O almoço sai treze reais
mas pouca gente o consome.
Parece que a vida está cara,
o dinheiro entra e já some.

Fugir do tédio é que anima
as gentes, atrás de emoção.
Jogos, divertimentos
inventam, para dizer não.

Faço poemas a espantar o tédio
que incomoda os que vivem.
Não há contra ele remédio.
Todos o sentem e não dizem.

As decepções acontecem
num dia novo feliz.
Elas brotam em toda parte
e ninguém sabe o que diz.

Desencanto do que passou,
esperando ainda algo mais.
Haverá no dia seguinte
o quê não houve jamais?

Eu não quero mais ouvir
o canto das pedras, sereias,
que me jogam nessas praias
sem poder voltar nas areias.

Eu poeto, tu poetas,
nas mesas que não são tuas.
Meu marinheiro dispor
me navega sobre as ruas.

Guerras, misérias tantas,
há pelo mundo inteiro.
Nem cessam nas datas maiores
e vão de janeiro a janeiro.

Vivendo como poeta
sigo no meu caminho,
procurando a minha meta
que não encontro sozinho.

Eu nem faço o que quero.
Faço o que é preciso.
Vou fingindo que sou rico
pra receber um sorriso.

Relembro as amizades,
memórias, mulheres belas,
amigas que já perdi,
porque não vivo sem elas.

Como cantava um amigo:
Eu hoje ando tão perdido.
Não sei para onde ir
nas quadras desse destino.

Surpreso a todo momento
pelas ciladas da vida.
Parceiros que se afastam
sem avisar a partida.

A gente muda o destino
agindo nesse presente
de uma maneira sutil,
pra ficar triste ou contente.

Não há uma outra saída
perdido na selva escura.
Graças haver uma trilha
na via que o sol vislumbra.

Eu, que critico os erros
que nascem todos os dias,
não sei onde possa achar
um leito nas noites frias.

Cruzo a perna, ajeito os óculos.
Deixo a bengala de lado.
Pego a caneta e o papel
para expressar meu enfado.

O barco que eu imagino
no meu estaleiro mental
é um veleiro bonito
fugindo de todo o mal.

A despeito de meus sonhos
resta-me navegar
pela enseada enfadonha
que me carrega pro mar.

Já faz tempo que pedi
a um deus para me ajudar.
Deve ser que eu rezo baixo
nenhum me ouviu orar.

Eu sei que muito errei
o caminho e a estrada.
Pensei que estava com tudo
e não estava com nada.

Meu gato de apartamento
toda manhã dá bom dia.
Segue até minha cama
miando com alegria.

Todos pensam ter razão
em vãs matérias diversas
mesmo havendo um senão
nas idéias controversas.

O tempo é uma surpresa
bruta de todo dia.
Ninguém poderá supor
sua corrente tardia.

Depois de velho constato
a vida é uma coisa chata.
Para não pagar o pato
vou fumando um da lata.

Da janela vejo belas copas
de alguns altos pinheiros
que se erguem sobre as luzes
fortes, viris, altaneiros.

Por dinheiro tudo se faz.
Por ele a gente madruga.
Por ele o povo trabalha.
Por ele se corre o mundo.
Por ele se tira a navalha.

O meu carro é que está
assim meio como eu
arranhado mas inteiro
falta calibrar o pneu.

O outro lado das coisas
revela-se com cuidado
embora todos só queiram
olhar o seu próprio lado.

Paciência é necessária
para aguardar a passagem
do tempo, que se demora
a terminar a viagem.

Coqueiros balançam as palmas
ao vento, nas tardes quentes.
Os butiás caem ao chão
os patos bicam as sementes.

Jasmins do brejo se exibem
brancos sobre a água turva.
O mato inteiro os encobre.
Seu perfume chega na curva.

É hora de mergulhar
em meu oculto destino
vivendo meu tempo e lugar
ignorando o caminho.

A classe média se exibe
com celulares conectados.
Parecem espertas figuras
passando o dia calados.

O Brasil está sendo vendido
barato para estrangeiros.
Isso porque foi traído
por alguns vis brasileiros.

Você procura e não acha.
Espera o que nunca vem.
Ama o que não lhe cabe.
Pensa já ter e não tem.

Perdido pela avenida
não sei aonde larguei
a loja, o rumo, o carro,
por onde me naufraguei.

Penso que a vida existe
e não se sabe o que vem.
Virá um beijo ou um tapa.
Um rumo que ninguém tem.

Não adianta ficar agoniado.
Assim acontece no planeta.
Você está no aprendizado.
Bebê sugando chupeta.

Vejo o trem indo embora.
Não sei para onde na hora.
Em todo vagão de carga
um horizonte se alarga.

Um peixe rabaneia no lago
remexendo a água rasa.
Pombas descansam na grama.
Todos se acham em casa.

Tudo está disponível
na sociedade de ofertas.
Os tolos compram de tudo
e vendem as almas desertas.

Vou vender o que não tenho
pois preciso o que não posso.
Quem sabe, pego uma grana
e gasto tudo que é nosso.

Cada um tem sua pena
que não deve ser pequena.
Perguntem à Madalena
se ela joga na mega-sena.

Apenas um homem comum
vou pela estrada afora
levando dívidas e dúvidas
querendo mais ir embora.

Ansioso eu espero
reter o que quero.
Nada vem no vento
de cada momento.

Muitos sonhos eu tive.
Algum se realizou.
Mas continuo na lida.
A vida não se acabou.

Eu queria ser a ave
e fugir do que é rasteiro.
Rejubilando no ar
e vendo tudo primeiro.

Não sei onde estou
nem por onde sigo.
Será que um atalho
ainda eu consigo?

Batata, cebola, tomate
expostos no balcão das feiras.
Com ovos, cenoura, abacate.
As compras ocorrem ligeiras.

Ipês-amarelos de ouro
já quase primaveris
reluzem pelo meu bairro
fazendo-me mais feliz.

Religião é ilusão:
promete o que não se vê
adota o que não se sabe
aceita tudo em que crê

Eterna indecisão
se vou ou se fico.
Não sei se fico pobre
ou se fico rico.

Inveja é coisa pequena
de quem sabe que perdeu.
Não consegue ir em frente
ainda quer ser como eu.

O apresentador, na TV
cumpre bem seu papel.
Quer todo mundo feliz
falando besteira a granel.

O Rio Nhundiaquara me chama
perto das matas bonitas.
Ninguém sabe de onde ele vem.
Pra onde ele vai ninguém liga.

Os ipês-amarelos brilham
anunciando a primavera
espalhando flores na calçada
iluminando as janelas.

Mulher bonita é difícil
nesse mundo sem Deus.
Devem todos ir à luta
religiosos e ateus.

Enganar o povo
em nome de Jesus
é o que fazem as igrejas
em frente ao santo, na cruz.

Há sempre um egoísta metido
na frente do meu caminho.
Num mundo de bilhões de pessoas
ele pensa que está sozinho.

Palhaçadas em nome de Jesus.
Amplos templos, cheios de fiéis.
Exploram imagens da santa cruz.
Os dedos cheios de ricos anéis.

Poeteco

Tem cada figura estranha
sentada no bar, nessa hora.
Velhos solitários que bebem.
Casal de mulheres namora.

Aquela mesa do bar
já não me sai da memória.
Encontros de fim de tarde
relembram a nossa história.

Cabisbaixo reflito
sozinho na mesa do bar.
Depois de tudo que fiz
será que ela vai se entregar?

Aguardo você sentado.
Peço mais uma cerveja.
O bar é movimentado.
Espero ninguém nos veja.

Falando com a mesa no bar
cabeça baixa pro chão.
Admiro a moça que passa
mas não vejo o coração.

Sentado no bar, espero
que a vida me seja boa.
O sol foge do mundo
e dá lugar à garoa.

Os companheiros de bar
se encontram sem ter combinado.
Conversam e gesticulam
achando tudo engraçado.

É bom sentar nesse bar
sentindo a brisa na face.
A moça bonita me olha
como se comigo falasse.

Perambulei pelos bares
bem recebido bacante.
Ambientes freqüentados
por mentirosos falantes.

Eu numa mesa, sozinho
ao sol, no bar, no domingo.
Todas as mesas repletas
de gente falando e rindo.

Nada me resta fazer
sentado no bar da esquina.
Assim repenso meu mundo
minha sigilosa sina.

O homem solitário
vai ao bar ler jornal.
Senta na mesa do fundo
e finge que tudo é normal.

Aproveito o tempo pensando
enquanto tomo meu vinho.
É mais fácil e prazeroso
por estar no bar sozinho.

Sento no bar e converso
com os amigos dispersos.
Eu sei que nada adiantam
estes meus poucos versos.

Bebendo no bar
é que eu vejo.
Estou muito perto
de qualquer desejo.

A minha mulher saiu.
Foi ao médico tratar.
Eu aproveito e já pego
a chave para ir ao bar.

No bar, os velhos barrigudos
falam mal do time adversário.
Fazem gestos que não fariam
no lar, com a mulher e os filhos.

Bebem muitas cervejas
sentados nas mesas diversas.
Eu sento mais no balcão
pra não entrar nas conversas.

Eu pegava na mão dela,
que pensava no marido.
Pedi mais uma cerveja.
Ela me apertava escondido.

Cidade velha de guerra,
conheço teus labirintos.
Teus bares, tuas noitadas
não vão dizer o que sinto.

Mando pedir a cerveja,
carne pra completar.
Fico esperando e observo
a cena de todo o bar.

Sozinho no bar vazio
peço mais uma no balcão,
uma espremidinha pequena,
cachaça com meio limão.

No calor, tomo cerveja.
No frio, bebo mais vinho
e me recolho ao bar,
quietinho no meu cantinho.

Sento no bar, olho a rua.
Carros, motos, pessoas
indiferentes a mim
que busco só coisas boas.

Ouço as conversas, risadas
que não me dizem respeito.
Bebo mais uma sozinho
porque não tem outro jeito.

Pra não levar prejuízo
rabisco mais um poeteco.
Quadrinhas leves que faço
sentado em qualquer boteco.

No bar, eu sento de tarde
na mesa que já é minha.
Vejo o movimento na rua
e a bonita vizinha.

As festas nos aproximam.
Bebidas para brindar.
Garrafas nas prateleiras
marcam o ambiente do bar.

Bobagens da embriaguês
de há muitos anos atrás.
Hoje sou mais comedido
que nos tempos de rapaz.

No veleiro da minha vida
vou singrando os bares no vento
que muda de direção,
disperso a todo momento.

A coroa entra no bar
brincando com o garçom.
Dá-lhe um tapa no ombro
e manda aumentar o som.

O dono do bar é que atende
as mesas e o balcão.
Mas as mulheres preparam
o almoço, com bom feijão.

No bar, leio o jornal
disputado pelos presentes.
As notícias são piores
do que esperam os clientes.

O saldo da minha conta
não interessa a ninguém.
Devo bebê-lo inteirinho,
depois fico muito bem.

No bar intranqüilo
todo mundo está louco.
Eu bebo mais uma
e me transformo um pouco.

Sozinho nesse boteco
faço mais um poeteco,
tomando meu vinho seco
no copo, não no caneco.

Aqui estou eu bem sentado
tomando umas cervejinhas.
Na manhã chuvosa, as crianças
retornam com as sombrinhas.

Você toma a primeira,
sente se caiu bem.
Se não, pede um vinho,
que muitos segredos tem.

Não esqueça de pagar
depois de beber.
A conta do bar
não se consegue prever.

Eu tomando meu vinho
o bar resta vazio
numa tarde de sol
com muito frio.

Meio vazio nessa hora
é esse o bar que eu freqüento
as mesas do lado de fora
o trânsito não muito lento.

Bebendo no bar, um cachorro
vem solicitar minha mão.
Deita-se ao lado e me fala.
Olhar de canil gratidão.

Ele entra no bar e abraça
os amigos no balcão.
Passa por mim e oferece
também apertar minha mão.

Gargalhadas sonoras
ressoam no balcão.
Às cinco horas da tarde
a turma não bebe em vão.

No bar lotado, uma dúvida
alerta-me ao perigo.
Não sei se fico ou se saio.
Não sei se saio ou se fico.

No bar, ao meu lado, no chão
um sabiá barrigudo passeia.
Depois outro, o casal contente
na tarde de sol vagueia.

Os rapazes, na mesa ao lado
não sabem mais conversar.
Bebem, riem e fumam
falando ao celular.

A loja em frente ao bar
vende água no galão.
Mas meu líquido é outro.
Faz melhor ao coração.

Gostoso o barulho da chuva
no teto do bar, nessa hora.
Parece que o céu se derrama
e pelas valetas se jorra.

Poerótico

Vou fundo no teu encaixe
e muito leve no enlace.
Abraço teu vulto claro
na sofreguidão do meu laço.

As tuas pernas abertas
na frente de meu rosto
parecem uma encruzilhada
umedecendo ao sol posto.

Desejo afagar tuas pernas
a me enrolar, noite adentro,
junto às minhas, sobre a cama
e penetrar no teu centro.

Minha boca desce tua pele
de penugens coberta levemente
e vai procurar teu encaixe
entre as pernas, comovente.

Quero ver a gruta, entre as coxas,
mostrando-se a mim, no mar.
Os seios pequenos, como eu gosto,
induzindo-me o olhar.

Você inclina a cabeça levemente,
os cabelos caídos, ombros nus,
prometem prazeres displicentes
escondidos sob a roupa azul.

A imaginação desce teu decote
e também sobe tuas pernas.
Percorre teu corpo conhecido
tua pele de ruas e vielas.

Você perfuma a calcinha
que me oferece desnuda.
Eu aprecio esse cheiro
de cravo, canela e fruta.

Abro tuas pernas com a mão
que acariciava-te em cheio.
Com a outra, abraço o ventre
e desço pelo teu veio.

Teu corpo sabe que quer
entregar-se para o meu.
E abre-se a mim na cama
na pose que escolheu.

Na escuridão de meu quarto
vejo teu corpo deitado.
Nuazinha e satisfeita
deixando a coberta de lado.

Tirando tuas roupas lentamente,
peça a peça jogadas pelo chão.
Alisando os cabelos de teu ventre
até onde alcançar minha mão.

Retenho você nuazinha
comigo, na minha cama.
Brincamos, fazendo coisas
de quando a gente se ama.

Ela tira a roupa no quarto
e deita na cama, ao meu dispor.
Eu toco em seu corpo ávido,
tateando com vigor.

Exibe as coxas pra mim
por baixo de seu vestido.
Regalam-me os ombros nus
que eu namoro escondido.

Teus braços erguidos
expõem as axilas.
Os ombros desnudos
sugerem todo o corpo.
Cabelos compridos
caem sobre o dorso.

Lábios delicados me falando,
os dentes alvos em teu rosto
formoso. Os cabelos ondulando
me encantam na cama, no sol posto.

O magnífico triângulo
de pelos do teu ventre
atrai meu olhar guloso
para que nele eu me entre.

Eu acariciava suas cochas
bem próximo à calcinha.
Minha mão subia aos poucos
ela, rendida rainha.

Ela descansa na cama
depois de um coito normal.
Os olhos fechados e o corpo
deitado na horizontal.

A mulher dorme a meu lado
na cama, toda nua.
Eu olho pela janela
para admirar a lua.

Quero alisar tuas pernas
que vejo sob o vestido.
O teu marido não gosta
que eu te namore escondido.

Meus olhos de raios-x
te observam e desnudam.
Através da roupa leve
imagino os seios polpudos.

Gosto do número oito
porque rima com biscoito.
Também pode ser afoito
no meio de um belo coito.

Eu a olhava longamente.
As mãos, o colo, os cabelos.
Os seios insinuantes
me convidavam a retê-los.

Eu queria ser a água
pra lamber teu corpo nu,
de biquini pela praia
junto com o vento sul.

A morena faceira me olha
sorridente, no bar da esquina.
Ao sair, penso em voltar
e rever a inquieta felina.

Ela chega vestindo shortinho
exibindo as pernas no calor.
Cabelos longos nos ombros
sonhando encontrar o amor.

A sedução feminina
exala por todos os poros
da pele alva e macia
que reacende meus olhos.

Penso que a vida existe
e não se sabe o quê vem.
Virá um beijo ou um tapa
um rumo que ninguém tem.

Queria ser um arisco
sátiro a brincar
com as ninfas da cidade
que fogem por todo lugar.

Mulher, pomo da discórdia
atraente e enganadora.
Não acreditar em teus cantos
que ecoam como professora.

A roupa esconde mistérios
que o corpo nu revela.
A imaginação sobe os panos.
Na escuridão uma vela.

Quero tê-la só de calcinha
deitada na cama que é minha.
Com calma retiro esse pano
e caio de boca no engano.

Admiro teus ombros nus
na blusa de amplo decote
sugerindo muitos prazeres
para quem tiver sorte.

Depende da mulher
não da roupa.
Depende do sorriso
não da touca.
Depende da história
não da louça.
Depende do beijo
em sua boca.

KOTTER EDITORIAL

papel pólen soft
no verão de 2020